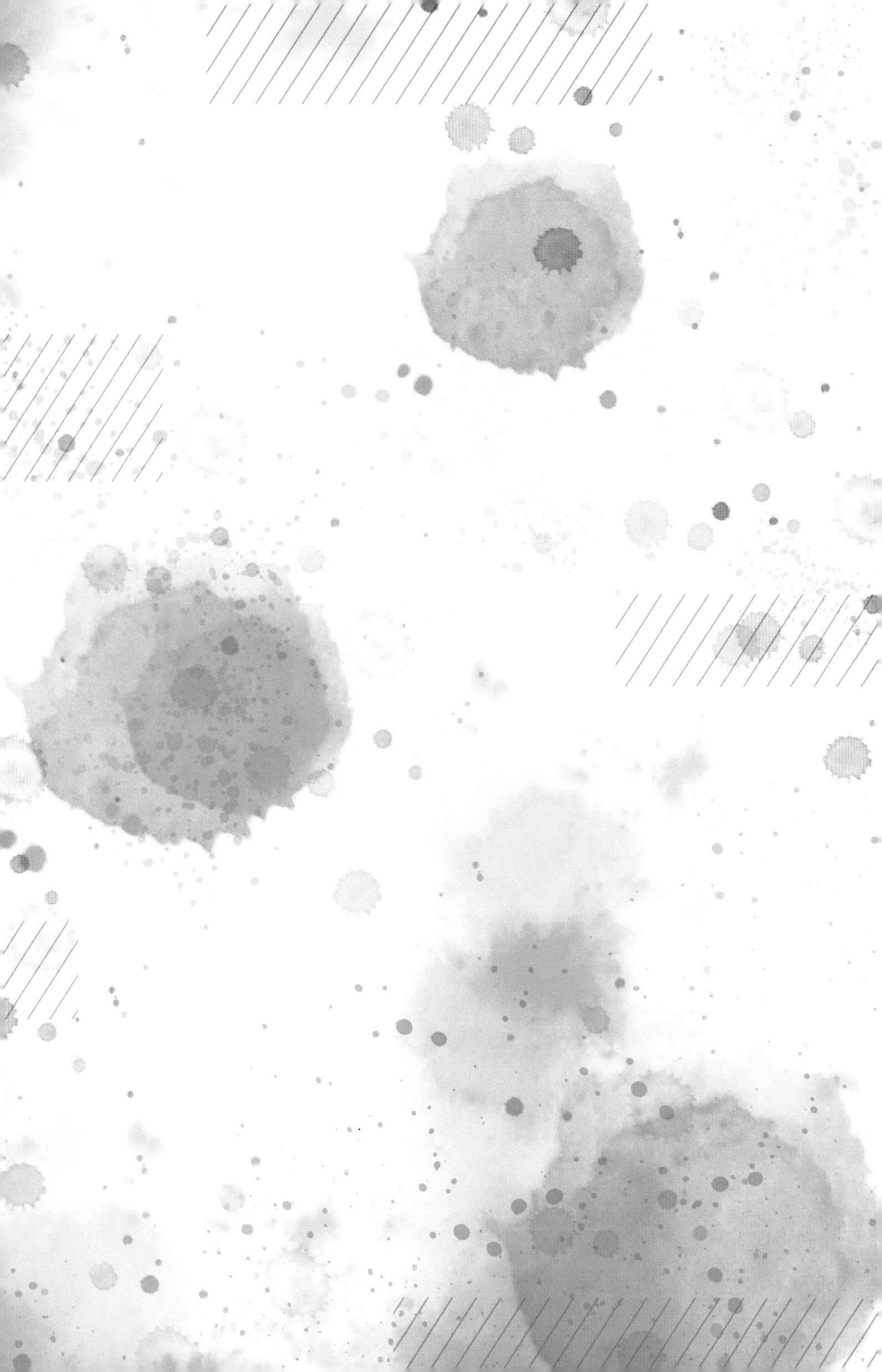

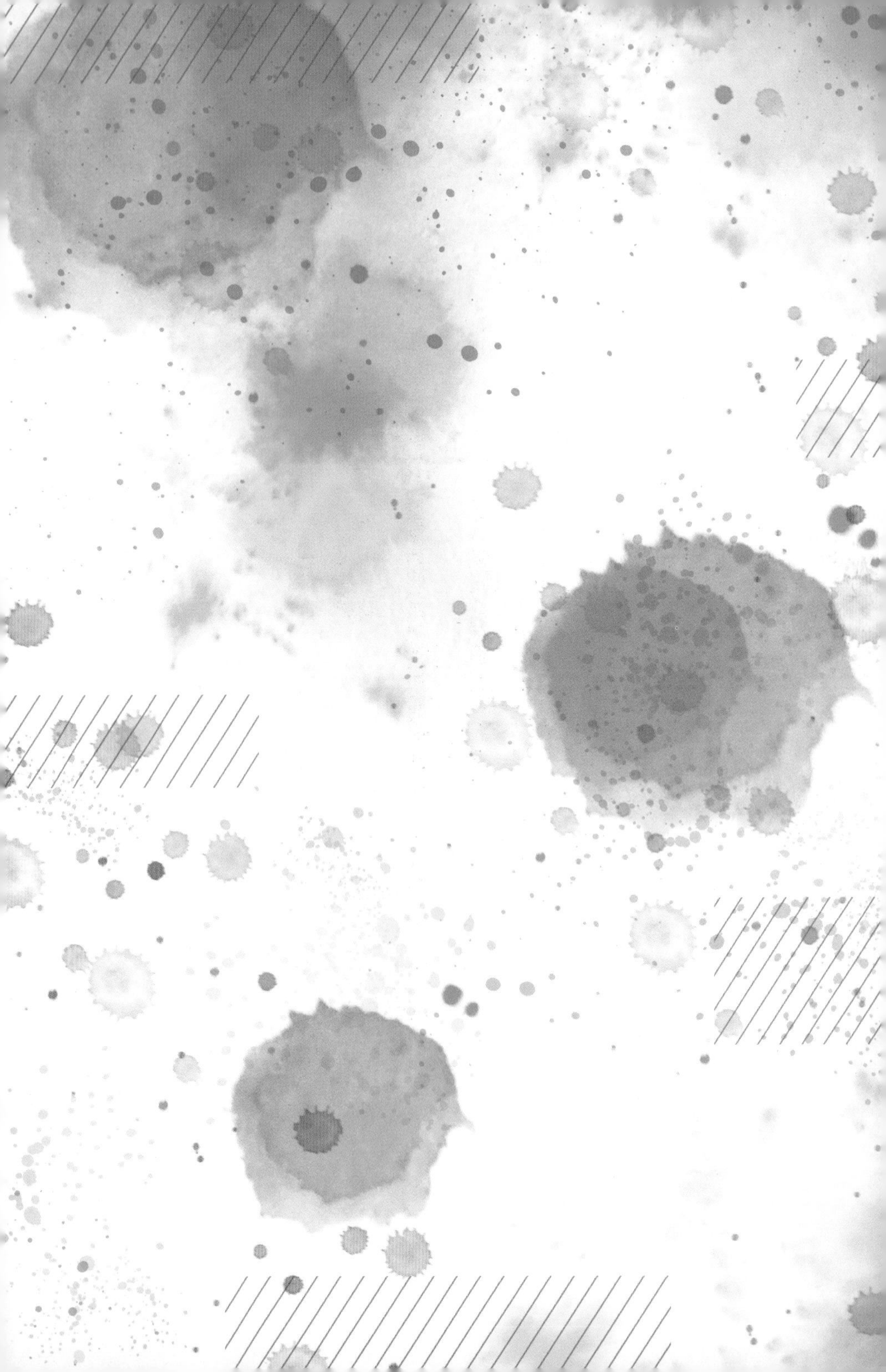

上邪

有隻帥哥在我家

漫畫插圖版

原著 蝴蝶Seba

漫畫 曉君、釋鷲雨

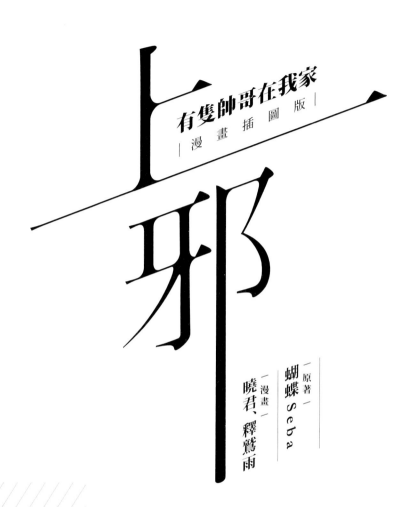

其實，對於一個稍微涉獵同人誌的作者而言，看別人的作品被改編成漫畫等周邊，實在是有點羨慕的。

因爲支持同人作品的誕生，往往不是利益，而是愛。

不管畫得怎麼樣吧，那眞的就是愛，滿滿的愛。

我也知道，其實我也享有如此豐沛的愛，只是我的讀者少有玩同人誌會畫畫的罷了。

這種事情，強求就沒有意思了……畢竟我是個龜毛又矯情的老太太。

然後去年，老闆突然說，上邪要畫成漫畫了。

當時我的身體相當不好，精神差到極點。花了好幾秒才聽懂。

「爲啥？」我迷惑的問。

愛倫和老闆一起看我，眼神帶著深深的悲憫。

孩子醒醒，出相關周邊才是作家的正確道路妳居然問爲啥。

最後他們齊齊將我扔到角落畫圈圈，自己討論起來了。

沒多久，上邪的全彩漫畫版出現在我手心，那種狂喜和感動眞是死寂多年的我，突然燦出的煙火，照亮了原本灰暗的長空呢。

看了好幾遍，雖然故事早已了然在胸，還是很新鮮，有趣。

除了上邪肥貓了點，翡翠太年輕漂亮，但這只是一點微不足道的歧見罷了，或許是爲了市場考量？不管怎麼說，看著原本腦海裡的人「活過來」，眞是新奇的體驗。

沒想到，老闆又賴了一本圖文版給我。原本有點忐忑，這跟漫畫版和文字版不會重疊嗎？然後我才知道，文字和圖像其實是可以相輔相成的。

我寫作的方式有點奇怪。我先有「一幕」，一個觸發點，通常是一幅靜態圖或一段影像浮現腦海，才將前因後果補齊，構成一段完整的「電影」。

之後的工作就是將「電影」翻譯成「小說」。

我看圖文版特別有感覺，就是因爲，這很像我在「翻譯」的途中，在腦海浮現的工作誌。這是多麼親切的感受。

可惜我不會畫畫。不然我最想做的就是圖文小說呀。我可以讓讀者認識我眼中的上邪、翡翠、狐影……乃至於那個詭豔極麗、毫無邊境的幻想世界。

（老大：然後妳會花一整個禮拜修女主角的頭毛或羽毛，出稿遙遙無期？

我……你知道嗎？誠實往往會有問題，每分鐘都有人死於太誠實。）

咳咳。我毫無美術功力說不定也是好事。因爲打字總是比較快的……總比修羽毛要快很多。

再說，我雖然不會畫，但不也找到很優秀的插畫家代我實現願望了嗎？

眞是可喜可賀。

目次

／楔子／ 幻想之妖獸？ 006
／第一章／ 有隻妖怪在我家 018
／第二章／ 上邪，你只是一隻妖怪…… 041
／第三章／ 只想跟妳吃頓飯 063
／第四章／ 唔，舒祈？ 085

／第五章／
召喚 110

／第六章／
她的眼睛很美麗 135

／第七章／
舌尖的一點苦味夾著甜蜜 156

／第八章／
定居人間的「移民」 177

／番外／
夢幻咖啡廳的一天 192

後記 196

楔子

幻想之妖獸？

她，三十六歲，獨居的言情小說家，算是非常小牌，掙扎求生的那種。

患有嚴重的憂鬱症，正如你所見，她剛好三十六小時沒有眞正的睡眠了——總是在吵死人的夢境裡昏昏沉沉。她麻煩的體質讓她吃藥就長疹子，所以她剛起床，滿臉睡意卻沒辦法繼續入睡。

這種睡眠嚴重不足的情形下，有幻覺是正常的。

所以，她昏昏沉沉的去收晾了快一個禮拜的衣服，在後陽台發現那隻妖怪時，並不是很驚訝。

乍看很像是隻三倍大的獅子，蹲伏著都比她高，但是他惡狠狠的望過來時，有張貓科卻像人一樣的臉。

我，終於要瘋了嗎？

她端詳著自己幻覺凝聚出來的妖怪，幾乎是欣賞的。老天，我的幻想力果然超人一等……你看這個妖怪多麼的威風凜凜，又多麼讓人心生畏懼啊！

連身上的傷痕和血都這樣的逼真，血的氣味這樣濃重真實……我果然是個想像力非常豐富的作家……好吧，寫字的人。

連發瘋都能夠凝聚出這樣真實的妖怪，連精神異常都不失她文字工作者的本色……她是有點感動的。

「女人，妳在看什麼?!」聲音低沉而震懾，鼻子上有獰惡的怒紋，「再看我吃了妳！」

還會說話呢……聲音這麼好聽。她深深的感動起來。

「真是太好了……」她揮揮手，把衣服收下來，「太好了。妖怪先生，我真是太

感動了……不過我覺得好累，等我醒來再去看醫生好了……」

這次應該要住院了。不知道精神分裂能不能申請勞健保。

明明這麼累，躺在床上卻眼睛越來越大，越來越清醒。一直疲勞到要死的清醒。

唉。

百無聊賴的數了七百多隻羊，她覺得可憐的羊應該不愛加班。

陽台的妖怪不知道怎麼樣了？看他滿身是血……就算是自己的幻想，也不該讓他流血致死吧？雖然替幻覺療傷有點奇怪……

不過自己已經瘋了，不是嗎？瘋子根本就不用計較什麼奇不奇怪……

走到後陽台，居然他還在。

「……」無言的刺刺他的臉頰，毛茸茸的。

「女人！妳想激怒我嗎？」妖怪怒吼了起來，「看我吃了妳～哇——妳幹什麼?!」

他摀住被她用手指刺了一下的傷口，滿頭大汗的打滾。

「吃呀，我的名字不叫『女人』。我有名有姓的，我叫翡翠。吃了也好，我就不用交稿了……別讓我太痛苦嘿……」她自言自語的擰住妖怪的耳朵，「反正我發瘋了，發瘋到幻覺這樣的細緻……居然跟幻想出來的妖怪交談！我是不是太久沒說話了？果然獨居會導致心理變態……」

「放開我的耳朵！天啊，很痛！妳這個不知死活的女人～」可憐的妖怪被她一路拖到房間，偏偏耳朵是他的罩門，重傷的他沒有力氣反抗。

「妳想幹什麼?!」揉著疼痛的耳朵，他繼續暴跳。「妳不知道我是人人看到畏懼發抖的大妖魔嗎？妳居然這樣對待我……等我傷好了第一個就吃掉妳！聽到沒有?!」

翡翠只管翻箱倒櫃，「……我到底塞到哪裡去了……哎唷，我該整理房間了……啊，找到了。」

她高興的捧出醫藥箱，遲疑的看看他滿身的傷，「……優碘不夠用。不過雙氧水應該夠吧？」

「好痛！」妖怪慘叫起來，雙氧水在他的傷口起了濃濃的泡泡，想逃走卻被揪住耳朵，「妳這是什麼？聖水嗎？我不怕妳！妳給我記住，等我傷好了一定報仇～」

「笨蛋，連雙氧水都不知道。」翡翠不爲所動的在他身上狂灑雙氧水，「果然是我幻想出來的怪物，眞是有夠笨的……」

好不容易掙脫了她的掌握，原本威風凜凜的妖魔被纏了一身亂七八糟的繃帶，看起來非常淒慘。傷口被她處理的痛得要命，一舔又滿是噁心的化學苦味……

他蹲伏著，露出獰惡的恐怖凶相，喉嚨不懷好意的低吼，望著正在抽菸的翡翠，「……女人，妳眞的激怒我了……」

他張大嘴，滿口小鋼鋸似的利齒，發著銀白的唾沫，撲到翡翠的面前……

翡翠把她手裡的菸按熄在他張大嘴的舌頭上。

「……嗚……」他摀著自己的嘴在地上打滾，翡翠撫了撫頭髮，又點了一根菸，「就跟你說我的名字不叫女人了。」

妖魔氣憤的喝了一花瓶的水，舌頭還是腫的。

「……妳不怕我……？這個世界是怎麼了？我才被關了一千多年，現在的人是怎樣

啊啊啊～」妖魔氣得亂拔自己長長的銀白頭髮。

「我幹嘛怕自己幻想出來的怪物？」翡翠愁眉苦臉的望著空白的word，「怕你？我還不如怕編輯的奪命連環叩。我發瘋了啊！我已經發瘋了，可不可以不要交稿啊？嗚嗚嗚……讓我睡覺啦……我睡不好也寫不出來……怎麼辦啊～」

「我、不、是、妳、幻、想、出、來、的、怪、物！」妖魔氣得發抖，「聽到我的名字妳可不要怕得發抖，因爲發抖是沒用的！聽過我名字的，都成了我的食物了！」

「哦？」翡翠擦擦眼淚，不起勁的問，「你希望我問你是吧？好吧，請問你的大名？」

「上邪。」他非常神氣的挺挺胸膛。

……

一人一妖相對沉默了很久。

翡翠有氣無力的問，「你是說，『上邪！我欲與君相知，長命無絕衰。山無陵，江水爲竭，冬雷震震，夏雨雪，天地合，乃敢與君絕！』的那個上邪嗎？」

「沒錯！那是巫女呼喚我的召喚咒語……咦？妳也是巫女嗎？妳怎麼知道的？」

妖魔大驚失色。

翡翠無力的垂下雙肩，「我就知道，我的創作力乾涸了……嗚嗚嗚，我完蛋了！連幻想的怪物都這麼蠢，我該怎麼辦啊……」

「告訴妳一千次了！我不是幻覺啊！」妖魔用最大的力氣喊出來，天花板的灰塵簌簌掉落，扯痛了傷口。

翡翠只是無力的回望他一眼，又自怨自艾的嗚嗚哭起來。「我的創作力……天啊……爲什麼……我還有一堆帳單沒繳……我需要稿費啊……現在是發瘋的時候嗎？能不能過幾年再發瘋啊？嗚嗚嗚嗚……」

……我被關太久了嗎？爲什麼區區一個人類我還不能說服她啊？但是這種重傷狀態，什麼妖力都使不出來，我該怎麼讓她相信我是無所不知的大妖魔？

「我可以證明我不是幻覺。」他瞇細眼睛，「因爲我可以看透妳的心。妳需要的不是睡眠。」

「……」翡翠瞪著他，「你廢話，我當然只是需要睡眠啊！只要讓我睡飽不要這麼疲憊，我就可以……」

「妳需要的只是一個擁抱。」他蹲伏著，舔舔傷口，發現刺痛過去以後，沉重的傷勢居然驚人的好轉，「妳，只是需要一個擁抱。眞是人類無聊的需求……」

翡翠獃住，嘴硬的強辯，「……你胡說。我都三十六歲了，是老人了欸！我怎麼會需要那種東西……我只是要睡覺，我……」

「我三千六百歲了。」上邪輕蔑的看著她，「小鬼。人類都是不成熟的東西，就算活到一百歲也需要這種無聊的溫情。在我眼中看起來，」他獰笑著伸出宛如白銀打造的爪子，「妳只是個哭著想要人家抱抱的小鬼……」

他突然無法說下去，因爲翡翠突然流出眞正的眼淚。

這種眼淚的味道……很香，很好吃。原本劇痛的傷口居然緩和下來。

把她吃了有點可惜……待在她身邊，似乎傷口會好得很快。到那時再吃掉她吧。

「過來。」他魅惑的勾勾爪子，「我給妳渴望的東西。」

她沒有動，讓上邪覺得有點挫敗。現在的人類怎麼這麼難搞，以前只要他勾勾指頭，那些脆弱的人類就會像中邪一樣送到他嘴裡啊……他可是可以魅惑

人心的大妖魔呢……

不甘不願的上前，粗魯的將她攬進懷裡，「這樣夠不夠？」

「……再緊一點。」她喃喃的像是夢囈。

上邪不耐煩的抱緊一些，「這樣呢？」翡翠的骨骼發出喀喀的聲音。

「……再緊一點，再緊一點。」她呼吸不順的說。

「再緊一點妳就沒命了啦！笨女人！」上邪在她耳邊大聲吼著。

被緊緊的擁抱……感覺多麼好。就算這樣死了……但是、但是……居然要自己發瘋了，幻想的怪物才肯給自己擁抱……她淚如泉湧。

這是多麼可悲的事情。

「……死了，就不用交稿，也不用管有沒有錢了……」翡翠放聲大哭了起來，緊緊依在妖怪的懷裡，銀白的毛皮這樣滑順，像是月光織就的一般。這樣的擁抱，多麼好。

再也不用想有沒有人愛自己……不用想青春是怎樣的流逝……也不用想自己就要成為休止符，再也沒有生命的焰火。

發瘋……也不錯，也不錯。

「……妳，很好吃。」吸嗅著濃重而複雜的情感，上邪有點醉。

「笨蛋！幻想出來的妖怪不要說這種充滿性暗示的話啦！嗚嗚嗚……」她筋疲力盡的哭了又哭，依在妖怪的懷裡，終於得到多日折磨渴求而不可得的熟睡。

糟糕，吃了太多人類的情緒……上邪打了個酒嗝，居然覺得睡意濃重。

等我傷勢一恢復……一定……一定吃了妳。他沉重的眼簾闔上，最後模模糊糊的發誓。

這是第一次，翡翠遇到上邪的，奇異夜晚。

第一章

有隻妖怪在我家

她幾乎是感激涕零的醒來，多久沒有這樣徹底空白的睡眠了。真正的睡，沒有夢，也沒有亂七八糟的干擾。

醒來像是全新的一樣，像是每天該面對的苦難也算不了什麼。

眷戀的將臉在柔軟的毛皮上面蹭兩下……毛皮？

銀白閃亮的長髮拂在她的臉上，小心翼翼的抬頭，她幻想出來的妖怪也在沉眠，貓科的臉孔看起來很安詳。

我瘋得很徹底。認命的下了斷語，她有些踉蹌的爬起來，蹣跚的走進浴室淋浴。

「……那是什麼法術，屋子裡面會下雨？」上邪瞌睡兮兮的頭好奇的穿門而過，望著正在淋浴的翡翠。

水瓢精確無比的打中他的頭，「那是蓮蓬頭！笨蛋！不要偷看我洗澡！色狼！不要臉！」翡翠狼狽的把浴帘一拉。

「嘖，光溜溜的有什麼好看？沒毛的猴子。」上邪揉著腫起來的腦袋，清醒過來不禁大怒，「妳這沒毛的母猴子居然打腫了我尊貴的頭！」

這次是香皂和漱口杯一起飛過來，幸好他頭縮得快，不然又是兩個包。

這女人！真是太不尊重了！

「妳不知道我曾經被戒慎恐懼的祭拜過，稱我為『神』嗎？妳居然對我這樣不尊重！等我傷好了，第一個就吃掉妳！就當我重獲自由的第一個祭品好了，我告訴妳，以前的人類可是獻處女的，我吃了妳是一種榮耀和委屈，懂不懂啊妳～」

上邪在門外暴跳，洗好澡的翡翠換好衣服，扁著眼睛看他。

「處女比較好吃嗎？」跟自己幻視幻聽的怪物討論這個，自己眞的瘋了。

「其實人肉的味道都差不多。」上邪仔細考慮過後承認，「我也不知道，他們老是送一些毛都還沒長齊的嫩小孩來，沒什麼骨頭好啃……」

翡翠放棄的望著天花板，「……繆思女神，妳對我太殘忍了。爲什麼讓我的創作力衰退到這種地步……」

「我在跟妳說什麼，妳在說什麼啊?!」上邪又繼續暴跳。

翡翠不理他，開始收拾包包，順便到處找健保卡。

「我出門你會不會跟著出門？」她平靜的詢問妖怪。

「現在能出門嗎？」上邪沒好氣的說，「我傷得這麼重，只剩下穿門的能力，而且只能穿透木門！妳家後陽台的窗戶能開，我才勉強進得來的，妳以爲……」

「不會？那好……」她一把揪住上邪的耳朵，「走吧。」

「住手！跟妳說了一千次，不要抓我耳朵！妳想帶我去哪？我不要出去～」上邪又吼又叫的，卻毫無招架能力的被她拖到電梯。

「我要去看醫生。」翡翠按下電梯，「但是我又看不到其他的幻視。總要誠實的告訴醫生我看到啥了吧？我想這次非住院不可了，希望有病床可以讓我住一陣子……不知道能不能帶筆記型電腦，就算發瘋也得交稿啊……」她悲從中來，「爲什麼我還要交稿？我發瘋了呀……」

「妳沒有發瘋！我不要出去……」上邪想掙脫她的掌握，該死啊！他應該早早就把耳朵割掉，省得有把柄落到人類的手底……

四樓電梯叮的一聲，有人也要下樓。但是電梯門一開，那個人卻面無人色的退到牆壁貼緊。

「要下樓嗎？」翡翠友善的問。

那個人把頭搖得跟波浪鼓一樣，慘白的臉像是看到鬼。

電梯門一關上，翡翠就哭了。「我果然看起來很不正常……你看他多麼害怕……」

上邪已經放棄掙扎了，無力的看她一眼，「……妳看起來跟路邊的歐巴桑一模一樣。」

那個人害怕的是我呀！笨女人！

翡翠一無所覺的哭著，登登登的把上邪拖到機車旁邊。

「坐好……我沒有你可以用的安全帽……嗚，我居然爲幻想出來的妖怪擔心安全，我眞的瘋了……」她哭著發動機車。

上邪自棄的望望路上倉皇逃跑的行人，認命的坐在後座，不想說話了。

這個時代的機器馬比過去的活馬跑得平穩，體驗一下千年後的兜風也不錯。

他幾乎要讚賞自己的達觀了，果然

三千六百歲的妖魔有超乎時代的適應力。

不過路上倒是引起了大小幾樁車禍。

「眞奇怪……今天車禍眞多。」翡翠自言自語。

「因爲我傷太重，沒辦法對人類下暗示，所以他們都看得到我。」上邪懶洋洋的說。

「神經病。」翡翠罵了一聲，「你當大家都跟我一樣發瘋了嗎？」

上邪懶得糾正她頑固的腦袋了，任由她把自己拖到精神科。

「小姐。」她擦擦眼淚，醫院剛開沒多久，她是第一個掛號的，「精神分裂可以申請重大傷病卡嗎？」

「醫生鑑定開證明就可以。」掛號的小姐連頭都不抬，「二診。」

「謝謝。」翡翠沉重的拖著上邪到候診室，沒看到掛號小姐瞪大眼睛看著上邪，飛也似的逃出去。

上邪也沉重的嘆口氣。

走進二診，翡翠眼淚汪汪的坐下來，醫生顧著寫病歷表，「感覺怎麼樣？」

「醫生，我精神分裂了，看到非常逼眞的幻視，而且有逼眞的幻聽。我看到一頭會說話的銀白色獅子……」

「哦……」醫生漫不經心的抬頭，瞪著還讓翡翠揪著耳朵的上邪。

「看什麼看！卑賤的人類。」上邪鼻子上獰出凶惡的紋路。

「有……有妖怪啊啊啊啊～」醫生跳了起來，尖叫著跑出去，病歷表飛散了一地。

翡翠呆了呆，小心的望著讓自己揪著耳朵的上邪。

「妖怪？他說你嗎？」

上邪認命的點點頭。「妳趕緊放開我的耳朵吧。等等就會有獵人來追殺我……我可不甘心就這樣被殺或被封起來。不想被波及就閃遠一點吧……喂！妳不要更死命的抓住我耳朵！」

翡翠卻沒命的揪著他跑出去，將他扔上後座，把機車騎得像是飛機低飛。

等到了大樓門口，隨便的把機車一停，又揪著他狂奔進電梯，一路把他拖回去。

「……妳又把我拖回來幹嘛？」上邪不可思議的望著她，「妳該不會眞的有問題吧？我、是、妖、怪！妳不怕我吃了妳?!」

坦白說，她也不知道。只是……怎麼能眼睜睜的看著這個讓她一夜好眠的妖魔被殺死呢？她花了那麼多雙氧水救的。

「……我沒有棄養流浪動物的習慣。」好半天，她才擠出這個答案。

「……誰是流浪動物?!」上邪揉著疼痛的耳朵大吼，聲音大到玻璃窗爲之顫動，「妳這傲慢的女人，看我吃了妳~」

翡翠往他胸口最大的傷痕用力按下去，他痛得整個縮成一團。

「激動會惡化傷口喔。」翡翠警告的對他搖手指，「我幫你換藥吧。」

人類的藥對我沒效啦，笨女人。不過他也沒有抵抗，任翡翠幫他換藥。

重要的是，換藥的人期望他好起來的心意，這才能讓他好得快一點。
這個呆頭呆腦的笨女人倒是眞心希望他好起來的。
爲了這點，將來吃她的時候，一定讓她毫無痛苦。這是當妖怪的對人類最好的報償了。
就這樣決定了。

＊　＊　＊

上邪在她家住了下來。不過伙食問題讓她傷透腦筋。
「你吃什麼？」她翻了一遍所剩無幾的冰箱，覺得直接問比較快。
「人肉。」無聊到清理毛皮的上邪很理所當然的回答。
「肉是吧，貓科動物本來就是肉食性動物……」她回去翻冷凍庫。
「人肉！我的肚子除了人肉什麼也不吃……」上邪衝進廚房，發現那女人從鐵箱子裡掏出一個冷到冒煙的「石頭」。

「……妳給我吃石頭?!妳居然給尊貴的我吃石頭~~」

翡翠輕蔑的看他一眼，把凍肉丟進微波爐解凍，抱著胳臂思考了一會兒，「妖怪不能吃鹽巴對吧？」

「請妳不要以訛傳訛好嗎？」上邪對她扁眼，「如果有鮮血可以搭配，沒有鹽巴就算了……」

「我只有豬血糕……唔，壞了。」她放棄的把豬血糕丟進垃圾桶。這塊肉凍了兩個禮拜了……理論上應該還可以吃吧？

連自己吃的飯都懶得煮了，還得煮妖怪的伙食……她實在不耐煩，把肉胡亂用鹽醃了一下，丟了一堆蔥蒜，扔進電鍋裡蒸了起來。

等她把廚房堆積如山的碗盤清理一遍，煮好泡麵，電鍋的按鍵也跳起來了，她倒進大盤子裡，端到上邪的面前，「喏。」

面對著電腦，她開始吃泡麵。

上邪對著盤子氣得發抖，「這塊肉起碼死十天了！」

「正確的說，應該是十五天。」翡翠敷衍著，一面吃泡麵一面修改稿子，「快吃吧，有得吃就不錯了。你沒看到我還吃泡麵？我對你可以說很好很好了……」

……這女人！不吃了她怎麼對得起自己高貴的自尊！他忿忿的開始吃起那塊難吃的肉，「……妳眞的是女人嗎？我也吃過熟食，哪有女人煮得這麼難吃的？這只配餵豬……」

……

「我十指不沾陽春水。」翡翠仍然對著電腦發呆，「你若不滿意可以自己煮。」

他氣到發呆，居然不知道該罵啥。不管了，現在就吃掉她，士可殺不可辱啊～撲了上去，翡翠卻把筷子上的麵塞進他嘴裡，「你想吃泡麵？早說嘛……」

辣辣辣！他衝進浴室，張大嘴狂灌自來水。他的嘴像是被千百隻小蟲咬過一樣。喝了一肚子的水，嘴巴還是腫的。

「你不敢吃辣？」翡翠很沒禮貌的大笑了起來，「這麼神氣的大妖怪不敢吃辣，哈～」

恨恨的看著這個可惡的女人，她居然捧著那碗辣椒紅湯灌了起來……

他突然覺得，這塊死很久的豬肉好吃多了。

＊　＊　＊

「妳在幹嘛？」養傷的時候百無聊賴，看著她老對著一個大盒子發呆，還不斷的敲打一個有很多小格子的怪東西，上邪好奇的湊過鼻子來看。

「寫作。」她漫不經心的回答，正在想要怎樣讓男女主角產生誤會。敲打小格子就會有字寫在盒子上，人類也眞會想。

「這盒子是什麼，裡面有人嗎？還是妳抓了低等妖魔在工作？」他在螢幕上摸來摸去。

翡翠不耐煩的推開他，「別吵。這是電腦。」

「電腦是什麼？」被關了一千年，他似乎錯過了許多有趣的事情。

「電腦就是……可以幫你工作……可以看ＶＣＤ……可以聊天……可以玩遊戲的東西……」

情敵？這樣的橋段會不會太老套？還是不孕症？但是她起碼有一打的女主角不會生小孩了。這次要用什麼誤會啊……

「ＶＣＤ是什麼？怎麼聊天？是咒文還是巫法？妳果然是女巫嗎？有怎樣的遊戲？下棋？」

煩不過的翡翠抽出架上她沒空看的《電子計算機概論》丟到他腦袋上當作回答。

「妳這女人……」上邪正要發怒，翡翠一面推開他一面打字，「你懂中國字吧？冰雪聰明的大妖魔總不至於不識字？或者說，沒人教你你就

無法自修？」

這深深的刺激到他，「妳說那什麼鬼話?!我可是智慧聰明超過神明的大妖魔，區區電腦我會搞不清楚?!」

上邪忿忿的拿起《電子計算機概論》一字一句的讀了起來。

等翡翠終於解決了「誤會」這個煩死人的橋段，抬起頭來，屋子裡面已經昏暗了，而上邪卻看著《電子計算機概論》發笑。

「就是明和無明的區別嘛……人類又蠢又笨，倒也滿會想的。」

翡翠盯著他發呆。眞是奇怪的景觀……一隻非科學的妖怪坐在她的床上，正在看科學的《電子計算機概論》。

「……你知道什麼是『電』嗎？」蹲在他旁邊，她幾乎是驚歎的望著絕對沒人看過的奇觀。

「我不像人類那麼蠢。」換他沒好氣的推開翡翠，「別吵我。」

「我去吃飯？帶回來給你吃？」翡翠問了三遍，上邪卻沉醉在那本書裡頭沒有回答。

吃過了晚飯，懶得去超市的她買了五份香雞排回去。

開了燈以後，發現上邪正在沉思。「欸，妳的電腦是４８６的嗎？」

糟糕。她看了看那本《電子計算機概論》，是七年前出版的，她抽錯本了。

「不是……你想看接下來的演進嗎？」她謹慎的問。

「還有書嗎？」他開始去翻翡翠的書架，所有關於電腦的書都被他翻出來，不管年分新舊，他邊啃香雞排邊看著那堆書津津有味。

只要他別吵我就行了。翡翠很高興他對食物沒有抱怨，又一頭栽進寫也寫不完的情愛世界。

不過天亮以後，她看到自己的桌上型電腦被拆解成一堆廢鐵，差點昏厥。

「我的電腦！」她尖叫起來，「你搞什麼?!雖然很爛也很破，但是我玩線上遊戲都靠這台呀！你……」

她氣得差點哭出來，天啊，她就知道不該給他看什麼《自組電腦ＤＩＹ》之類的五四三……

「別吵。」他像是在趕蒼蠅一樣，「我正在看電腦裡頭有什麼零件……」銀白色的爪子精準的化成十字起子的模樣，非常專注的繼續拆解電腦。

如果他能夠不吵自己就好了……她默默的哀悼自己可憐的電腦，轉頭又在筆記型電腦上面捨生忘死的趕稿。

一晝夜，那台電腦又完好如初的復原了，這個非科學的妖怪，居然跟她抱怨灌了太多廢物在電腦裡面，一面刪除檔案還一面最佳化，她有種錯亂的感覺。

「上邪……你是妖怪。」

「廢話。」他頭也沒抬，一面翻書，銀髮一面移動著滑鼠，「嘖，這本書寫錯了，步驟不是這樣的。哪個出版社的？這種東西也敢賣錢……」

「……你知道什麼是出版社嗎？」

「用搜尋引擎找就知道啦！Google 不錯用，什麼答案

幾乎都找得出來……」

……連搜尋引擎都會用了。

她回到筆電前面發愣。有隻妖怪在我家，而且，他會用Google。

翡翠突然覺得頭有點兒痛。

＊　＊　＊

好不容易把稿趕完，她鬆了很大一口氣。

終於可以放鬆一下啦！她把上邪從桌上型電腦前面粗暴的推開，準備要去玩玩線上遊戲。

「這是我的電腦欸。」上邪瞪了她一眼。

「我買的。食客有說話的權力嗎？」翡翠凶了起來，「去去去，我筆記型電腦借你玩，但是什麼檔案都別碰喔！不然你小心我在你食物裡摻東西。」

「怕妳?!」上邪跳了起來，「我百毒不侵……」

「我有朝天椒粉。」

上邪閉了嘴，心不甘情不願到筆記型電腦前面蹲著。看她著迷的在螢幕前面，還有小小的人跑來跑去，他忍不住湊過去看。

「這是什麼？」

「網路遊戲。」翡翠正在忙著打怪，「過去點，你擠得我沒位置了。」

桌上型電腦是放在和室桌上的，上邪的體積又大，湊過來實在太擠了一點。一人一妖擠得快反目成仇，上邪索性把翡翠抱到懷裡，一起專注的看著螢幕。

「可以殺人喔。」殺怪他興趣不高，看到人和人對打倒是精神爲之一振。

「當和室椅的安靜啦。」翡翠不耐煩的回答，「死小白，居然敢偷打我……」她的法師已經練得有點等級了，很不客氣的將小白劈死。

「……我也要玩。」他搶了翡翠的滑鼠，正在遲疑該按哪個快速鍵好打死人，已經被翡翠搶回來了。

「你想拿我的人物幹嘛？」翡翠懷疑的看著他。不會吧？妖怪也想玩線上遊戲？

「我的筆記型電腦跑不動。」

「我讓妳的筆記型電腦一定跑得動。」他懇求，「我也要玩，養傷很無聊，妳又不掉眼淚了，我傷好得很慢……」

被他連哄帶騙，翡翠狐疑的回自己的筆電打網路遊戲，還幫他開了個新帳號。原本怕他到處殺人當小白，卻發現他悟性極高，沒多久就認眞打怪，感動之餘，還不斷的供應他裝備。

然後這個著迷的妖怪就日夜不辭辛勞的衝等，吃什麼都沒有抱怨了。

反正妖怪不用睡覺。她聳聳肩。而且他著迷線上遊戲也好，省得他出去搗蛋，或者是纏著自己不得安生。他這個大坐墊又好用，每次睡不著，她就拿本書靠在上邪的身邊看著，沒多久就會趴在他懷裡熟睡，比安眠藥還好用。

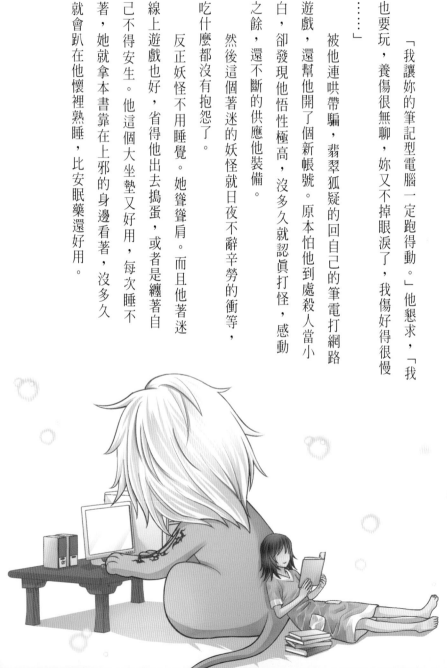

線上遊戲可以鎮壓一隻凶惡的大妖怪，實在是始料未及的功能。
沒多久，趴不怕的上邪等級就遠遠的超過她，甚至上了所謂的高手排行榜。
不過，很快的她就後悔了。
趴在他的懷裡睡了好一會兒，連連的慘叫聲讓翡翠迷迷糊糊的醒過來。
為什麼新手村被放了滿滿的火牆，而且滿地都是死人？她還沒清醒，甩了甩頭，上邪微笑著操作他的法師，跑到另一個新手村，開始殺人放火。
他在屠村。
原來是屠村啊……屠村?!
上邪連殺了兩個新手村的人物，然後非常興奮的跑向大城市，看起來是準備殺光整城的人……
「你在幹什麼?!」翡翠尖叫起來，「你在衝三小？你怪不打殺人做啥？」趕緊跟他搶起滑鼠。
「妳很煩欸！」上邪跟她搶滑鼠，「我努力練等就是為了這天！不能出去吃人實在太悶了，讓我虛擬的殺幾個人有什麼關係？妳不要管我……我要殺光所有線上的人，讓這個世界變成一片腥風血雨！啊～妳又拉我耳朵！」

翡翠氣憤的揪著他的耳朵，「混蛋！你這個白目妖怪！遊戲雖然是遊戲，螢幕後面都是活生生的人啊！誰喜歡被殺啊？你這個豬頭……」

「不是活生生的人我殺他幹嘛?!」他努力想把自己的耳朵救回來，「別拉我耳朵！我吃了妳！」

翡翠狠狠地往他胸前的傷口賞了一記漂亮的後肘攻擊，趁他痛得躬下身時，匆匆的替他人物下線，在他來不及抗議的時候，刪除了那個紅通通、滿身罪惡的法師。

「……我半個月的辛苦！我努力練得要死的法師！賠來！我還沒殺光所有的人類啊啊啊啊～」上邪抓著電腦大叫。

「你可以繼續吵。」翡翠氣得要死，「你的月卡是我買的。妖怪跟人家玩什麼線上遊戲?!如果要玩，就乖乖照人類的規矩玩！你再給我殺人看看，我一定再把你的人物刪光光！」

「我吃了妳！」上邪的傷勢恢復了大半，迅雷不及掩耳的掐住她脖子。

翡翠冷笑著，吞了一把藥丸。

上邪遲疑了一下，「……妳剛吃了什麼？」爲什麼那些藥丸有種不祥的氣味？

「減肥用的唐辛子。」翡翠對著他的鼻子哈氣。

辣辣辣辣辣辣椒！恐懼的將她一丟，「不要過來！不要過來！」

「要來一顆嗎？」她笑吟吟的。

「不！別過來！」好恐怖的味道啊！

「那還要不要當小白？嗯？」換翡翠獰笑的靠過來。

「不！我不會再當小白了！我不會再亂殺人了！」該死，這房間這麼小，叫他躲哪兒？

「大妖魔要跟卑賤的人類一樣說謊嗎？」翡

翠按捺住好笑的感覺，一本正經的問他。

「我堂堂大妖，怎可能跟人類一樣說謊?!」

話一說出口，他就後悔了。啊啊啊啊啊～他居然讓個母猴子這樣耍～

「很好。」翡翠拍拍他的頭，「乖，重練一隻吧。你重練就給我練會幫人補血的道士，乖乖的學會助人為快樂之本吧。」她爬上床，「你練別的我馬上砍，你不要忘記了，妖怪沒有身分證，你的帳號是我去申請的。」

欺負完了上邪，她心滿意足的睡著了。

……我一定要吃了她！啊啊啊～但是我怕辣……這要怎麼辦才好啊～

上邪氣得發呆了一整夜，苦苦想不出吃她的對策。

第二章

上邪，你只是一隻妖怪……

翡翠覺得自己的忍耐力已經夠驚人了，但是這隻死妖怪正在挑戰她的極限。

「好無聊喔……好無聊好無聊好無聊～～」上邪靈活的在小小的套房裡滾來滾去，發現翡翠不理他，很有節奏的踹起她的椅子。

「去玩你的線上遊戲啦！」翡翠發起脾氣，「你不是很愛練等嗎？去去去，別煩我！」她已經卡稿卡到要跳樓了，這隻可惡的妖怪食客居然還在喊無聊。

「又不能殺人，練等有什麼意義？我上次放毒妳還生氣……又毒不死他！連放毒都不行……我不要練了啦！我掛在排行榜好久了勒！好無聊好無聊好無聊～～養傷哪裡都不能去，又沒有人可以吃，妳又不陪我講話～」

「我沒空！」翡翠吼完了覺得很疲倦，嘆口氣看著這隻滾來滾去的大貓妖怪。

所以她才不養寵物的。

讓他煩了兩天，終於受不了

了，她外出吃飯的時候，順便買了東西回來。

「好無聊～～」上邪一面啃著香雞排一面抱怨。

「那，你看這樣如何？」翡翠拿出嘴籠和狗鍊，甚至還有一個彩色飛盤。「我帶你去東海的草地跑跑？」

牽著套著嘴籠的上邪，來到廣闊的草地。

幫他解開嘴籠，一人一妖心曠神怡的看著藍天白雲。

「上邪～飛盤唷～」她把飛盤拋得又高又遠，「快去撿回來～」

然後上邪在草地奔跑著，神氣的一躍，叼住了飛盤，卻不把飛盤還她，越跑越遠。

「你這個頑皮的小東西，快回來啊～」在廣闊的草地追逐著……「抓到你了！哈哈哈，別舔我，好癢啊～」

「……」上邪撲向狗鍊和飛盤，飛盤被他一捏就碎，堅固的狗鍊讓他扯得一段一段的亂七八糟。

看起來他不喜歡這個主意。

托著腮，她想了好一會兒，「那，這樣呢？可以名利雙收唷。」

上邪嚴肅的在電腦前面努力的打著字，一人一妖沉默嚴肅的工作著。

電話鈴響了，翡翠接完電話以後，跟上邪說：「欸，編輯誇獎你上一本寫得很好呢，她問你這一本的進度什麼時候可以完成？」

「就快好了。現在我遭遇到一點小問題……」

一人一妖嚴肅的討論言情小說的公式活用，解決了矛盾以後，又繼續埋頭打電腦。

「對了，上邪，編輯想幫你辦個簽名會，還有記者會和上節目。」

「幫我拒絕他們。」上邪皺緊眉想情節，「創作是我的生命，我只要還會呼吸就會繼續創作。虛名於我如浮煙……我要死在電腦之前，這是當作家的使命和執著！什麼記者會的……那些庸俗的人類怎麼會了解我偉大的痛苦？幫我推掉他們！」

滿懷感佩的望著上邪，「啊，你眞是最偉大的言情小說家！跨越了人與非人的界限！身爲你的同伴，我眞是太光榮了……稿費呢？我幫你開户存起來？」

「不，妳拿去用吧。」上邪很慷慨的回答，「我需要妳打理我的生活。我並非不知感恩圖報的妖魔。」

翡翠的眼角閃著欣慰的淚光……

「……」上邪氣得全身無力，一拳打凹了鐵製辦公桌，「妳只是想找個免費的印書機吧?!我看起來有這麼笨嗎？」

「……但是等你開始寫小說，就只會覺得痛苦，一點都不無聊了……」

「免、談!!」他聲音大到吊燈會晃。

唉……她覺得這是很好的主意說……

眼角瞥到堆在角落長灰塵的ＶＣＤ，她重新燃起一點點希望。翻了半天，發現她只剩下卡通可以看。

是了，前陣子妹妹來訪，除了卡通以外的ＶＣＤ全讓她打劫回去了。

「那……你要不要看ＶＣＤ？」她不太抱希望的問。

「什麼是ＶＣＤ？」上邪扁著眼睛問，懷疑的看著她把ＶＣＤ放進光碟裡。

「……一種會動的畫。」她不知道怎麼解釋，「反正你看就對了。」

放《中華小廚師》給妖怪看……希望他不要因爲太幼稚而氣得拆房子。

這疊卡通居然讓他安靜了一天一夜，倒是沒想到。看他看到入迷……他眞的三千六百歲嗎？爲什麼看起來像六歲……

看完了那疊卡通，他又恢復上網的熱情，很努力的查了一大堆資料，足足三天沒有吵她。

世界多美好啊，卡稿解決了，妖怪不吵她，玩線上遊戲沒遇到小白，她對於這樣的生活已經很滿意了……

可惜，花無百日紅，她開心的生活沒幾天，在連連遇到三隻小白以後，上邪也開始找她麻煩。

「我要看電視。」上邪回頭跟她講，「這季有最新的《中華小廚師》。」

「……我只有電腦，沒有電視。」翡翠揮揮手。

「只要加裝電視卡，電腦也可以變成電視。」他很頑固，「而且你們大樓不是有附設第四台嗎？」

翡翠張大嘴，「……你怎麼知道？」

「我怎麼會不知道？」上邪不耐煩的揮揮手，「你們社區也有網站。怎麼？妳不知道？妳住在這裡住假的啊？」

……她不問世事，怎麼會知道？

「我要電視卡我要電視卡我要電視卡~~」上邪又開始恐怖的煩人攻擊了。她突然覺得，讓上邪吃了自己比較乾脆。

「好啦好啦，別吵啦！」她被吵煩了，「知道了！我去買行了吧？」心不甘情不願的穿上外出的衣服，騎車跑了很遠才買到。

「拿去。」她無精打采的坐下來，繼續準備下一本的大綱。

「……不是這個！妳怎麼買３Ｄ加速卡？我要這個幹嘛?!」上邪氣得直跳，「妳很笨欸，電視卡和３Ｄ加速卡都不會分，天啊，妳……」

「都英文，我怎麼看得懂？是老闆娘拿給我的啊！」翡翠愣了一下，「對吼，上邪，你懂英文啊？」

「妳以爲我活了三千六百歲都在中國鬼混？我有那麼不長進嗎？」上邪看著這片加速卡發怒，「用這鬼玩意兒我怎麼看電視？妳連這點事情都辦不好……若是服侍我的巫女這麼笨，我早就把她吃了……」

「誰服侍你啊？」翡翠也生氣了，「不然你自己去買啊！」

「自己去就自己去！」他傷勢好了七八成，怒氣沖沖的跑出去，翡翠樂得清靜，不到五分鐘，電鈴又響了。

一開門，是上邪。

「……要去哪裡買？」他皺緊眉。

……

如果電視可以讓他安靜一點，那麼花點時間也是應該的……吧？

「……你要這個樣子跟我去買電視卡嗎？」她慶幸自己還沒換下外出的衣服。

「我討厭變成人類……」上邪嘀嘀咕咕的，一陣煙霧過去，翡翠瞪大了眼睛。

上邪不見了，她的眼前出現了一個俊美無儔的美少年。纖細而修長，氣質宛如水般清新，美麗的大眼睛瞅著人看時，會讓人臉紅心跳。

除了貓科般的瞳孔沒辦法變化，但是倒豎的瞳孔看起來分外魅惑……光線下又恢復了渾圓。

他果然是貓科動物。

「嘖，這就是妳喜歡的典型唷？」上邪嘖有煩言，「這樣行了吧？走了。」

「……你好歹穿件衣服。」翡翠不敢往下看。

美少年的裸體是很誘人……但是這樣走出去，會被叫變態吧？

「吼～～人類眞囉唆……」上邪一面接過翡翠的衣服一面抱怨，原本不合身的衣服他只眨了眨眼，就服服貼貼的。

老天……眞是玉樹臨風……

只是，頭髮爲什麼是銀白色的？

「……你頭髮不能變個顏色嗎？」太長可以用橡皮筋束起來，但是銀白色的長髮……太醒目了吧？

上邪沉默了一會兒，滿頭銀白的頭髮變成螢光綠，翡翠差點昏倒了。「……這個顏色好嗎？」

他又沉默了一會兒，變成一節一節的黑和白。

「……像斑馬。」

「吼～」他氣得恢復銀白色，「我最不擅長變髮色了啦！隨便好不好？人類的身體好醜啊！趕快去買啦！」

她這輩子沒受過這麼多的注目禮，路人驚豔的看看上邪，又驚恐的看看貌不驚人，看起來不像他媽媽的翡翠。

唉，他只是一隻妖怪而已

……別看了。翡翠後悔沒戴個紙袋套在頭上出門。

這隻妖怪美少年還很煩的指定要去燦坤。

「爲什麼？燦坤更遠欸！」她騎著機車哀叫了起來。

「燦坤有打折，妳又有會員卡……妳到底懂不懂啊？妳不是天天喊沒錢？沒錢還不節儉一點，我說妳呀，能不能多花點腦筋……上次我給妳的錢妳居然不用！」

這個嘮嘮叨叨的妖怪怎麼越來越像她媽？「……那種僞鈔我能用嗎?!沒大腦的是你吧?!」影印紙隨便變出來的鈔票……窮是很窮，但還沒窮到吃免費牢飯的打算。

「我已經改進到很逼眞的地步了欸！連兩條防僞線都變出來了啊……」

「那種質感一摸就知道不對了啊！天！你的腦漿是怎麼長的……」

「那妳去買那種鈔票紙。我對於變化元素不夠專門。」

她停下機車，絕望的望著這個何不食肉糜的妖怪好一會兒，閉上嘴巴，決心趕緊把他載到燦坤。

這種紙文具行就買得到的話，還輪得到他這死妖怪印僞鈔嗎？無良人類早就印僞鈔印到通貨膨脹一百倍了。

「原來是這樣啊。」上邪頓悟了。

「跟你說過一千遍，不要隨便讀我的心！」翡翠真是火上加火，緊急煞車在停車格，可恨這隻死妖怪的平衡感太好，沒辦法讓他飛出去。

他俐落的下車，拿下安全帽，甩了甩滿頭銀白的頭髮。束在背後的馬尾輕輕的飛揚，撩撥過往行人的心。

「……別搔首弄姿了！」翡翠覺得快被路人的眼光戳出數百個透明窟窿，「趕緊買一買吧！」

上邪也不答腔，走到賣電視卡的地方，每一個都仔細的閱讀起來，然後捧了跟山一樣高的各廠牌電視卡和電視外接盒走向櫃台。

「喂！我只有一台電腦要裝電視卡！」翡翠的心臟病快發作了，「這個月的票還沒來，我經不起這樣匪類啊！」她吼著追上去。

上邪已經掛著魅惑的笑，對著櫃台的男店員問：「這位先生，請問……我能跟你討論一下各家電視卡的優劣嗎？」

那個笨蛋男店員居然臉紅了，「這個……當然可以啊……」

旁邊的女人一把推開男店員，「你問我吧。我比他還熟。」

「他先問我的！」男店員抗議了。

「我是店長還是你是店長?!」女店長非常凶的把男店員趕走，面對著上邪滿面春意，「先生……你想問什麼？可以告訴我你的電話號碼嗎？」

「告訴妳電話號碼可以打折嗎？」上邪笑得一臉淫邪，翡翠快被他氣昏了。

「對折。」女店長根本像是被捕蠅草引誘的小蒼蠅嘛！

「欸，翡翠，我們家電話號碼多少？」上邪笑嘻嘻的轉過頭來問。

「我有錢，不用對折。」翡翠扁眼，冷冰冰的回答。

她發誓，目光可以殺人的話，她已經讓女店長秒殺了。

「我要你的電話。」話是對上邪說的，凶光卻是對著翡翠。

「我的電話就是翡翠的電話呀。」他溫柔誘哄的拐著，「來嘛，告訴我哪個廠牌的電視卡品質比較穩定……」

捧著那張五折價的電視卡，翡翠的不爽已經快到頂了。

「需要爲了一張電視卡賣笑嗎？」她咬牙切齒的問。

上邪哼著歌，似乎很愉快。她轉思一想，哇勒……「喂！你該不會想把她拐出來吃掉吧？我告訴你唷！我家不養吃人的妖怪，你吃人就給我滾出去！」

欸？她居然趕一隻受傷、還沒痊癒的可憐妖怪出家門！「喂，妳這樣叫做爲德不卒……妳也會讀心術？妳怎麼知道？」他沒說呀。

「……妖怪掉什麼書包？因爲你是大腦簡單四肢發達的笨蛋！你是安怎啊？到底是缺乏哪種蛋白脢，天天嚷著要吃人啊？我看你沒吃人也活得好好的，你對雞排到底有什麼不滿的?!」

「坦白說，非常不滿！吃人是妖怪的天職啊！反正人類這麼多，吃個幾個剛好可以減輕人口壓力……我不要再吃人以外的死肉了！」

「……那你離開我家好了。」翡翠非常生氣，「我不跟吃人的妖怪一起住。」

這女人，居然敢趕他欸！

一人一妖在大樓前互相怒目而視，上邪眞的想甩頭就走……看看手裡的電視卡，他又氣餒了。

好吧，他傷勢還沒痊癒，這笨蛋女人嘴巴說得這麼難聽，心裡卻總是希望他好起來。有時睡到半夜，翡翠還會悄悄的爬起來，察看他的傷口怎麼樣了。怕他會痛，總是趁他睡熟的時候，偷偷地擦雙氧水。

妖怪沒那麼怕痛好嗎？但是她這種溫暖的心意卻讓他幾乎死去的重傷奇蹟似的痊癒。

她的情緒複雜而濃郁，讓上邪有些上癮，像是某種酒癮。

再說……她家的電腦多麼好玩，現在又有電視可以看了。

「……我才不想吃其他的人。」他嘀咕著，「我發誓，第一個吃掉的人一定是妳這個無視我尊貴身分的女人！其他的人都得排在妳後面！」

「是嗎？」翡翠也緩和了，她自悔話說得太重了，眞的讓上邪走……她會有段時間都良心不安吧？「如果你吃了我，我也就不管你吃不吃別人了。」她很認眞的強調，「除了我以外的任何人，你都不可以、絕對不可以碰。知道嗎？」

「……妳腦筋有沒有問題啊？我要吃妳欸?!妳是不是該發個抖啊？」

「好啦好啦，我怕死了，我在發抖了……」

「妳在敷衍我?!喂～」

「很煩欸你！我求求你安靜點好不好？去裝你的電視卡啦！」

上邪一回到家，迫不及待的脫光衣服，馬上變回原形，害翡翠覺得有點遺憾。

下一本就拿那個美少年化身當主角好了，編輯應該會喜歡吧？她在筆記上加了附註。

結果電視讓上邪安靜了好長一段時間。每次看他張著嘴，著迷的看著節目，她都有點錯亂。

你，只是一隻妖怪呀……不要看電視看得這麼入迷好嗎？有回她買了雞排和一包炸香菇，從來不吃蔬菜的上邪，把香菇吃光了，雞排就沒動。

後來她發現，只要上邪在看電視，她就算放一大盤花椰菜在他手上，上邪也吃個精光，從來沒意識到他吃了些什麼。

寫作的生活很無聊，她開始實驗各式各樣的食材餵上邪。連他害怕吃的辣椒，他都只啃了一口，呸了出來，然後狂灌水，眼睛還是盯著電視冠軍的節目不放，連句抱怨都沒有。

給他石頭啃，他恐怕都沒感覺。

觀察上邪看電視變成她生活的一大樂趣。上邪看電視的範圍很廣，從國家地理頻道到台灣霹靂火，都可以讓他看得津津有味，只有養鬼吃人之類的B級恐怖片會興趣缺缺的打呵欠。

「沒用的廢柴，追了兩個小時，就是殺不到那個小孩。」他喃喃抱怨著，「連個小孩都殺不了，還有辦法殺那麼多大人？騙笑欸……」

然後轉台去看日本美食節目。

這麼多的節目，電視兒童上邪，卻最喜歡卡通，尤其是中華小廚師，每一集都追著看，連重播都不放過。

也許是看了中華小廚師的關係吧？他開始挑美食節目看，連教做菜的也不放過。

這樣的電視兒童也沒什麼不好嘛……翡翠過了一段難得的靜謐生活。

所謂人無千日好……等她把家裡所有存糧都吃光光，心不甘情不願的外出補貨時，上邪居然乖乖的換好衣服，自願的變成人形，說，要去幫她提菜籃。

「我只是去超市買泡麵。」她心裡警鐘大響。

「我陪妳去。」他堅決的搶過購物袋，「我也要去！」

經過上次出門的恐怖經驗……她實在很討厭受注目禮。但是要跟上邪爭辯不讓他去的漫長過程……兩害還是取其輕吧。

她向來是個認命的人。

到了超市，上邪開始往推車裡沒命的堆青菜肉類等等生鮮，她看到傻眼，根本沒時間注意其他太太媽媽驚豔又驚恐的眼神。

「……你在幹嘛？我不做飯的！」

「我做。」上邪回答得很乾脆。

一人一妖在超市爭吵了很久……翡翠掏出兩張孫中山結帳了。

「你不會做菜！」翡翠還在做臨死的掙扎。

「哼，這世界上沒有什麼我不會的。」上邪冷哼一聲，「妳以爲這三千六百年我白活了？區區做個菜……」

結果第一天做菜，上邪就差點把廚房燒了。

就知道不該讓他看太多電視的……他搞大火快炒，結果火燒著了抽油煙機接油的小盒子，馬上火光四冒。

等她發現濃煙和燒焦味道衝進廚房，正打算

拿起洗碗水滅火的時候，發現整盆的水都結冰了，她扔出去的大冰塊把結霜的炒菜鍋砸出一個大洞。

原本烈火燎原的廚房，頓時成了冰天雪地，還不斷飄著細細的雪。

上邪對她皺緊眉，「妳弄壞鍋子了。」

「……你差點燒了廚房。」她連指責都沒有力氣。

「放心。一切都在掌握中。都是妳啦，廚房的抽油煙機要定時處理，妳知不知道啊？實在太危險了……現在鍋子壞掉了，我怎麼做菜啊?!妳眞是迷迷糊糊的笨女人！」

望著碎碎唸的上邪，她無力的說，「……還眞是對不起喔。」

「知錯就好。去去去，走開走開，礙手礙腳的……」

翡翠望望滿目瘡痍的廚房，默默的把熱水瓶搶救到自己的房間。反正她八百年不用廚房，只有這個熱水瓶不能壞……壞了就不能泡麵了。

沒有廚房跟寫不出稿子，她覺得寫不出稿子嚴重多了。

和劫後餘生的熱水瓶默默相對。她疲倦的把臉埋在掌心。

唉……上邪啊，你只是一隻妖怪……我不會強求你煮飯的。我沒虐待動物的習慣啊……

第三章

只想跟妳吃頓飯

自從上邪迷上做菜以後，翡翠不知道自己過的是天堂還是地獄的生活。

引發了幾次火警的虛驚以後（已經名列大樓管理處的黑名單了），上邪終於無師自通的燒出一手好菜，就算味覺遲鈍的她都覺得相當好吃。

但是她走向餐桌的腳步實在很沉重。

「吃飯了！」上邪繫著圍裙，很開心的大叫，「翡翠趕緊去洗洗手，吃飯了！」

她默默的洗好手，坐在餐桌上看上邪忙來忙去。

「來，這是紅燒獅子頭。我是用最好的後腿肉，經過我用妖力精心捶打，可是外面吃不到的唷。」

餓得很的翡翠，剛伸出筷子……

「等一下！」上邪把盤子端起來，翡翠的筷子狼狽的戳在餐桌上。

完了，他又來了……

「我要吃飯。」無奈的看著這個規矩很多的妖怪。

「少了一點什麼……」他抬頭想了想，恍然大悟，「我知道了，重來重來。」

他回去廚房，回去忙了半天，硬把紅燒獅子頭罩了個鍋蓋才端出來。非常戲劇化的在她面前掀開鍋蓋……

嚇！紅燒獅子頭馬上金光閃閃，瑞氣千條，甚至有他變出來的兩個仙女飛了過去。

「……哪來的仙女？」她有不祥的預感。

「我剛抓了兩隻蒼蠅變的。」他很得意自己的創意，「這樣才像小當家的菜。」

……蒼蠅？這道菜還能吃……嗎？

但是她實在餓到想哭了，紅燒獅子頭的香氣一直誘惑著她……在衛生和飢餓當中掙扎了一會兒，她選了塡飽肚子。

夾了一筷紅燒獅子頭，唔……「好吃。」正要夾第二筷，上邪把紅燒獅子頭拿走了。

「我要吃飯！」她氣歪了。

「妳台詞不對！」上邪理直氣壯的指責她，「妳不是該有幸福到飛起來的感覺嗎？妳沒有飛起來！」

「……我不會飛！靠，我是正常的人類啊！」翡翠一拳

捶在餐桌上，桌上的碗盤激烈的一跳，「你到底要不要讓我吃飯?!不給我吃我就去外面吃！」

忿忿的穿起外套，卻被上邪踩了拖鞋跌了個狗吃屎。

「死妖怪！」翡翠摀著鼻子，天啊，好痛……「你到底想幹嘛?!」

「我這麼辛苦做菜，妳就不能配合一下？沒毛的母猴子！給我吃下去！」

翡翠忿忿的想破口大罵，卻在看到上邪手上開始癒合的傷口時又心軟了。爲了做菜，他不知道切到幾次手。

誰會眞心眞意爲她做菜呢？也只有這個笨妖怪。

鼻子還是好痛……嗚。她坐回餐桌，開始認命了。

「喔～香滑柔潤的口感，宛如珍珠般細緻～這樣好吃的料理，眞是前所未有啊～」

翡翠誇張的扶著兩頰，「我似乎聞到青草的香味，這是奔馳在花東廣大草原，充滿野生活力的牛啊！我要飛上天了～」

……這樣可以了吧？爲了吃頓飯，她實在是……丟臉啊……

上邪有些感動的看著她，「您吃得高興，是做廚師的榮幸。不過這是豬肉，不是牛肉。」

「……不要太挑剔。」翡翠額上暴出青筋。

「反正妳的味覺跟木頭一樣，我早放棄了。」心情很好的上邪又端出其他的菜，「還有喔，我還做了佛跳牆。」

……不會吧？每道菜都要演一次？饒了我吧～

爲了吃上邪做的飯，她去租書店租了一堆美食漫畫來看，不然她擠不出台詞了。問題是，上邪也跟著她看漫畫，然後時時有牢騷，「原來妳的台詞是抄這本的，妳是不是小說家啊？創作力這麼差，還得用抄襲的……」

「閉嘴。是誰逼我抄襲的？」她咬牙切齒的靠在上邪的身上，「那本還我啦！我還沒看完欸，你先看《將太的壽司》啦。」

「不要，我要看《美味的關係》。日本菜我會做了，義大利菜我還沒碰過。」

「上邪！」翡翠火了，「妖怪跟人家看什麼少女漫畫？還我！」

「妳歧視妖怪喔！我可是比人類優秀千百倍的高級神靈耶，妳敢跟我搶書，妳不要活了！喂！妳不要吵不過我就拉我耳朵～痛痛痛……」

每天爲了搶漫畫搶到大打出手，已經變成家常便飯的戲碼了。

＊　＊　＊

他們住在一起，比想像中的時間還長很多。翡翠致命的失眠症不藥而癒了，死寂的生活也有了生氣。

或許上邪的伙食費是沉重了點，對她這樣經濟窘困的小作家來說。但是她願意寫更多的稿子，犧牲更多的睡眠時間，只是希望上邪過得好一點。

原來，有個可以甘心關注的對象，是這樣美好的負擔，雖然有些沉重。

「我覺得妳賺很多錢。」上邪學會翻她的存摺，疑惑的問，「爲什麼妳要花這麼多錢出去？」

她紅著臉搶回存摺，「……我又不是花在自己身上貪圖享受。」

「貪圖享受有什麼不對？」上邪皺起眉，「人類眞奇怪，爲什麼要鼓勵吃苦受罪？」

翡翠茫然的撫著存摺，「……那是爲了彌補年少時的一時轉錯彎。」

上邪定定的看著她，「啊勒，離婚又不是什麼污點，妳幹嘛這樣防備？妳到現在還在還幫前夫借的錢喔？小孩還寄在妳媽那兒養？難怪妳這麼窮。」

「不要偷看我的心！」她怒吼起來，「你憑什麼隨便進來偷看？你不要揭我瘡疤，我會痛，我還會痛！」

叫著叫著，她突然哭了起來。

她是遷怒了。一切都是遷怒了……她的人生是失敗的，什麼角色都扮演不好。不

管是做妻子，還是做母親，甚至當人家的女兒，她都是失敗的。

身心巨大的壓力讓她只能選擇逃開，除了用金錢贖罪，她想不出任何辦法。

一段破破碎碎的婚姻，一個可憐的孩子，和另一個無辜被她拖累的母親，以及她還也還不清的巨大債務。

她沒有辦法留在孩子和媽媽的身邊共同奮鬥，因爲她病了，身和心都病得非常厲害，自殺和逃走，她膽小的選擇了逃走，然後用有限的金錢補償自己永遠補償不了的罪惡。

「妳在撒嬌。」上邪翻著漫畫，「妳不斷的責備自己，只是希望別人安慰妳，說，這一切，並不是妳的錯。」

一秒鐘宛如一世紀，上邪有些驚訝的抬頭，他居然讀不到翡翠的任何「心聲」。只是一片荒蕪。殘暴的狂嵐凶猛的颳過她一點聲音也沒有的內心世界，這樣的凶猛、憤怒，卻又無止盡的悲哀。

「……我沒有跟任何人說過這些。」她的聲音，沒有一點起伏。

「妳說了。」他很坦率的，「在妳寫的每個字，在妳表現出來的態度，在妳的憂鬱裡，反覆的說了。不用讀心術也看得出來。」

連狂嵐也停止了。再也讀不出，她的任何心思。

霍然的站起來，翡翠不發一語的穿上外套，像是逃命一樣跑了出去，留下訝異的上邪。

發生什麼事情了？上邪摸不著頭緒。他想了半天，想不出說了什麼話，讓她這麼激烈而異常的反應。

人類眞是難以了解的生物啊。

他很高興的看完了所有的漫畫，再也沒人跟他搶。但是天色漸漸的暗了下來，翡翠卻沒有回來。

她沒有離開這麼久過呢。雖然奇怪，但是他還是煮了晚飯。花了很多心思和法術就爲了跟卡通上面一模一樣。

翡翠還是沒有回來。

不回來就算了。上邪有些發怒，辛辛苦苦煮好了飯，就是要給她吃的啊。什麼也不說就跑出去，他又讀不到翡翠的心，怎麼知道她在想什麼？

「我自己吃！」他忿忿的添飯，「都不留給妳了，讓妳餓死算了！」

拿起筷子，他卻沒有吃的欲望。

這是一種很陌生的感情，他突然食不下嚥，筷子遲遲動不了。

沒有開燈，屋子漸漸的暗了下來。他在黑暗中，爲了這種陌生的感覺有些驚恐。等待翡翠的時間，比被禁錮起來的時間還漫長難熬。他是個妖怪，時間對他本來是沒有意義的。

但是「等待翡翠」，卻像是一道禁符，讓他狂野無拘的心有了一種殘忍的約束。

他沒想到吃人，也沒想到離開。什麼事情也沒辦法做，就是坐在冷掉的幾盤菜前面，等。

我是怎麼了？上邪不斷的問自己，我是怎麼了？他不必要等的。有很多事情可以做。既然翡翠不在了，他大可以從容的偷偷溜出去，選個夜歸的犧牲者，大大方方的享受暌違千年的美味大餐……

但是他失去了所有的胃口，另一種食物無法滿足的飢餓緩緩的升起。

他想看到翡翠坐在餐桌前，哭笑不得、挖空心思的讚美他的菜好吃。

爲什麼我不離開呢？其實上邪的傷幾乎都好全了。他可以去任何地方……呼吸一下自由的空氣。而不用跟翡翠相處在這個足不出門的斗室。

他可以做任何事情。

但是「可以做」和「想做」不一樣。他只想要……只想要待在這裡。

只想和翡翠一起吃飯。

門呀地打開了，他跳了起來，「妳跑去哪裡了？」

翡翠怔怔的望著他，「……你還在？」

「我能去哪裡！」上邪獃住了，他能去任何想去的地方。但是他最想去的……

就是留在這裡。

幾盤菜冷冰冰的、寂寞的放在餐桌上。一人一妖的心裡，都充滿了說不出來、複雜的悲哀，或者還有一點點慰藉。

「……妳餓了吧？」上邪不太自然的站起來，「我去熱菜……」

「不用了。我好餓，好餓好餓……」她端起冷掉的飯，吃著凝著油凍的菜，「很

好吃，眞的很好吃……」

一面吃，眼淚一面滾下來。

上邪沒有說話，只是默默的吃飯。他還不適應這種陌生的情緒，但是一看到她回來……原本浮動不安的心，突然放了下來。

糟糕了……很糟很糟了。但是這種糟糕的感覺，還不賴。

只要可以跟翡翠一起吃吃飯，這樣就可以了。

「我有放鹽，」他咕噥著，「不夠鹹可以跟我說，妳不用掉眼淚自己加。」

看著翡翠破涕而笑，這樣就好了……

人類的生命很短暫不是嗎？就這樣吧。幾十年就好了，他的自由到翡翠死的時候就有了。

他的時間無窮無盡。

「我不會再看妳的心了。」硬著頭皮，這樣也算道歉了吧？「人類的感情太複雜，我不了解。」

「……是我自己不好。」翡翠悲傷的笑了笑，「你說的沒錯。我一直……希望別人原諒我。所以，一直不斷的自責。」她伸伸舌頭，「只是，我不敢承認。是啊……我是在撒嬌。」

兩個人都陷入了長長的沉默。只是安靜的動著筷子，這樣的沉默，有種悲哀的味道。

「上邪……你的傷都好了嗎？」這樣的沉默太難熬，翡翠覺得有點窒息。

「那種小傷，早都好了。人類這種軟弱的生物，哪能眞的傷害我……」上邪驕傲的挺挺胸，「我可是震古鑠今的大妖魔，區區一點小傷……好痛啊！妳在幹什麼，妳在幹什麼?!」上邪跳了起來。

「我只是戳戳你的傷口。你不是說不會痛嗎？」翡翠滿臉無辜。

「妳讓人差點把心臟挖出來看看！看會不會痛好了！那是因爲我太厲害了，不然我也讓那群該死的黑薔薇十字軍給……」

上邪還想說些什麼，突然停頓了。

他聞到不祥的花香，那是薔薇花的氣味，充滿了狂信徒與盲目宗教的惡臭。

銀白的長髮倒豎，鼻上獰出惡紋，恢復了宛如銀色獅子的原身。

翡翠驚愕的抬起頭，一群黑衣人無聲無息的出現在她的客廳。

「眞難找。」帶頭的男子露出俊秀卻冷冰的笑，「原來你隱匿在女人的家裡。」

他們說的語言，翡翠不懂，她怔怔的看著這群不速之客。「你們是誰？怎麼可以擅闖民宅？」話還沒說完，上邪已經怒吼著揮爪和這群人纏鬥起來。

小小的周旋已經毀了她半個客廳，她尖叫起來，「你們在幹什麼……」拿起電話要撥一一〇，一個黑衣人打碎了電話，扼住翡翠的脖子。

「惡魔，要你的女人沒事，你就乖乖跟我們走！」

上邪伏低蓄勢待發，突然笑了起來，「你們不是上帝的僕人、神的使者嗎？我記得你們黑薔薇十字軍有個守則：隱密行事，不牽連無辜。

現在你們在幹嘛？威脅無辜的同類？」

「我們並不想威脅她。」帶頭的男子優雅的擺擺手，「爲了抓你，這是不得已的非常手段。不能放你這個可怕的惡魔危害世間！你在意這個女人吧……還是跟我們走，我保證她毫髮無傷。」

「在意？」他輕蔑的笑笑，滿口尖利的銀齒閃閃發光，「殺了她我就沒有弱點了！」

他一爪打飛了掐著翡翠的黑衣人，張口往翡翠的咽喉咬下去，俊秀男子臉色大變，敏捷的揮劍刺向上邪……

上邪將翡翠像是破布娃娃一樣丟得遠遠的，藉機從落地門破窗而出，回頭望了望翡翠，眼神如許複雜，銀白色的身影飛騰在黑天鵝絨的夜空，黑衣人的鎖鏈徒勞無功的在空中落下。

「派直升機去追他。」首領吩咐了，禮貌的將翡翠扶起，「小姐，妳沒事吧？」

翡翠呆呆的摸摸自己的咽喉。上邪只留了淺淺的齒痕。

「妳不該收留惡魔的，希望上帝寬恕妳的罪。」首領用濃重口音的中文跟她說，聲音非常悅耳，他的笑容應該會讓許多少女臉紅心跳吧？

除了我以外。

看她不回答，首領關懷的問，「妳受傷了嗎？剛剛是情非得已的。請原諒我們在追捕惡魔時的粗魯。有什麼我可以幫妳的嗎？」

「……離開我的家。」翡翠終於意識到上邪走了，眼淚悄悄的滾下來，「馬上離開我的家。」

首領皺眉望著她，東方女人眞奇怪，居然看重那惡魔而看都不看自己一眼。「……妳的損失，我

們會全部負責的。」

「馬上離開我家，滾！」翡翠尖叫起來，「通通滾，不要在我家裡！給我滾！」

黑衣人悄悄的退走，只剩下狼藉一片的客廳。

多麼不眞實……多麼不可能的夜晚。

上邪走了，就這樣，走了。

*　*　*

就像作了一場夢……說不定眞的是一場夢。

她沒有想像中的傷心欲絕，只是發呆的時間變長了。她常常會忘記，又買了一大堆，然後對著吃也吃不完的菜發愁。

若不是黑衣人寄來的補償支票能兌現，她會以爲這一切都是夢而已。

她不要這些錢。但是客廳不修理好，房東會罵的。

一切都恢復常軌。她仍然在寫小說餬口，每天對著空白的 word 發呆。一樣吃著泡麵，偶爾玩玩網路遊戲。

但是惡性失眠又找上了她，常常睜著眼睛直到天亮。

她沒有去想上邪，就是這樣一天過一天，機械式的。把所有的心思都拿來苦惱失眠問題，這樣就沒有精力去想其他事情了。

當她連續四十八小時沒闔眼，她容許自己痛哭了一場。筋疲力盡中，朦朦朧朧的，她在睡與不睡的界限中掙扎，不知道爲什麼，她睡熟了。

這一覺，很長，很舒服。若是死亡是這樣的感覺，她想她很樂意就這樣睡死算了。世界上沒什麼可以留戀的，就剩下責任、懊悔和自責。

上邪會被找到，不知道是不是因爲自己的關係。

她什麼也做不好，跟她有關係的人都會面臨大災難。

「神經病。」熟悉的咕噥在她頭頂響著，「妳乖乖睡覺行不行？」

上邪。埋在他雪白的柔毛裡，翡翠哭得肝腸寸斷，全身不斷顫抖。「你回來了……」

「我不在這裡。」他不耐煩的拍了幾下，「睡妳的啦，這是夢，快點睡覺。」

「那我不要醒來了！」她哇哇大哭，緊緊的抱住上邪。

「笨蛋啊……」上邪凶她，聲音卻軟了下來，「快快睡吧，我不能留太久。妳不睡覺我會煩的，快點睡覺……」

所有的人類，在他眼中只是來不及長大就死亡的小孩。只是不知道爲什麼，千山萬水的逃脫之後，他依舊可以讀得到翡翠的心。

像是悲哀的風不斷的對他吹襲，連他剛硬的心都爲之感應。

只是一隻沒毛的母猴子而已……人類不過是他的食物，何以如此掛心？和人一起生活久了，也染上了人類的軟弱嗎？

這種軟弱，還不賴。

抑魔香還剩下小指般高。這香燒完之前，他得快快離開翡翠的家，不然被鎖定妖氣的他，一定會被黑薔薇十字軍找到的。

他不願意再咬翡翠一次，就算做做樣子也不要。因爲……上次爲了救她的「假裝」，眞的讓翡翠極度恐懼了一下。

翡翠怕他……不要，他不要。

香要燒完了。非常沉重的嘆了口氣。輕輕的將滿臉淚痕的翡翠放下，靜默了好一會兒，幫她蓋好被子。

人間的抑魔香這樣稀少，材料又這麼難取得。他得再去找未落的雨、飄落還沒沾花瓣的雪，還有鳳凰的羽毛，以及一大堆煩死人也煩死妖怪的材料，用很貴的代價，才能做出一柱。

爲了讓翡翠好好睡覺，一切都是値得的。

只是很遺憾，時間太寶貴，他沒有機會，和翡翠一起吃吃飯。

他最想要的，也只是這個而已。

第四章

唔，舒祈？

醒來時枕畔留著很長的銀色髮絲，她知道昨晚的一切並不是夢。

這比再也見不到上邪還讓人難過，有種花非花霧非霧的摧心。強迫自己不去想的壓抑一旦決了堤，她再也提不起勁去做任何事情，除了等待以外。

這很嚴重的延誤了她交稿的進度。雖然說，她不過是個小牌到不能再小牌的言情作家，好歹也是簽合約塞空檔的。大牌作家還可以有拖稿的特權，連她這種穩定交稿是唯一優點的小作者都拖稿，編輯還要活嗎？

說不得，美女編輯打了幾次電話沒有結果，乾脆殺到她的小窩來了。

凌亂不堪的書房沒有嚇到她，翡翠憔悴到像是死了八成的模樣把她嚇壞了。

「……妳看起來像是癌症末期。」美女編輯不想雪上加霜，就是管不住自己舌頭，說了出來。

相思成癌……這個可以當下一本書的書名嗎？翡翠覺得自己發瘋了。

「乖，跟編編說，妳爲什麼交不出來？這種沒腦又驕縱到令人想打的死小孩類型不是妳最擅長的嗎？有什麼事情讓妳煩心呢？」怕太嚴厲眞的讓這個病入膏肓的女人跳樓了，美女編輯收起所有的火氣，誘哄的想知道她拖稿的原因。

支支吾吾了半天，翡翠悶得慌了，想說又不敢講。現在她可不能被送到精神病院，她還要等上邪呢。

「是……是這樣的。我爲了一個很好的『朋友』煩惱。」她吞了口口水，「我那個『朋友』，在她家後陽台撿到一隻銀白色大獅子似的妖怪……」

忍住滿眶的淚水，她終於找到傾訴的辦法，一五一十的把來龍去脈說了一遍。說到那票該死的黑衣人，她激動的差點捏碎了玻璃杯（幸好她拿的杯子很堅固），提起為了她的失眠冒險前來的上邪，眼淚幾乎忍不住要滴下來。

講完了以後，美女編輯和她默默相對，窒息的沉默害她不知道該怎麼辦才好。

「唔……眞的是，很特別，很感人的愛情故事。」美女編輯打破沉默，摩挲著下巴，「不過題材太不安全了，所以……大概不能排進書系裡面。」

翡翠狐疑的看她一眼，「……這算愛情故事嗎？」她跟上邪有相愛？沒有吧？她哪有愛上那個壞脾氣、好吃又愛搗蛋的死妖怪？愛情不就該是甜甜蜜蜜你儂我儂，沒有妳我的生命沒有顏色的那種嗎？

她偏頭想了一會兒，氣餒的放棄了。蝸居太久，她八百年沒談戀愛了，快要想不起來戀愛是怎麼回事。

不過她很肯定，她沒愛上上邪。她個人對獸交沒有興趣。

「加油添醋以後絕對就是了，」美女編輯揮揮手，「拿根針就寫成棒槌不是作家虎爛的全掛子好戲？咱們先不談這個。妳就爲妳這『朋友』的愛情故事寫不出稿子？」

「呃……這個……妳知道作家感情是比較纖細敏感的……」翡翠吞吐了起來，「不能幫到『朋友』的忙，替她難受一下也是應該的……」

美女編輯沒好氣的白她一眼。什麼事情都是發生在『朋友』身上的。從蠢到被金光黨騙，一直到抓娃娃，通通都是發生在『朋友』身上，靠，『朋友』眞好用，啥蠢事往他們身上推就是了。

連這種莫名其妙的愛情故事也是，她實在……不過，誰讓她是見多識廣、神通廣大的編輯呢？

讓這死作家趕緊交稿才是當務之急。寫得爛歸爛，總還看得下去。她已經讓新人不知所云的稿子弄傷眼睛了。

「別說我不幫妳……的『朋友』。」美女編輯轉了轉眼珠，「什麼大事呢？不過是個妖怪的居留權。我指點妳……的『朋友』一條路。妳呢，去找排版的葉舒祈。她算命可是厲害的勒，一定能告訴妳……的『朋友』該怎麼辦。」

葉舒祈？一個會算命的排版？找她能有什麼辦法？她還以為編輯要推薦她去找林雨大師之類的。

「呿，妳不會想去找什麼廢柴大師吧？」美女編輯嗤之以鼻，「妳相信我，找到舒祈以後，一定可以解決妳的問題……我是說，妳『朋友』的問題。不過……」美女編輯倒豎起那雙美麗的狐眼，有種超脫人類的美麗和一絲絲令人膽寒的恐懼，「妳若透露是我告訴妳的，我會把妳碎屍萬段，聽到了沒有?!」

翡翠睜大眼睛瞪著美麗的編輯，有一種非常熟悉的非人感……現在她才發現，美女編輯有種說不出的氣質……和上邪很像。

或者說，和變化成美少年的上邪很像。

她像是明白了些什麼，嘴變成了o型。

「不要提到我的名字，聽見了吧？」美女編輯滿腹牢騷的站起來，「眞是的……害我以爲發生了什麼天崩地裂的大事，妳連稿子都不交了……」

「編編。」翡翠管不住舌頭的叫住她。

「嗯？」美女編輯風情萬種的半偏著臉看翡翠。

「請問妳們……我是說，像這樣的『移民』……多不多？」她眞恨自己該死的好奇心。

編輯睜圓了她美麗的狐眼，不大自然的別開視線，「妳……妳怎麼不去問客家人移民台灣多不多？呿，什麼問題嘛……就算『移民』，我們也是每天上班下班，認認眞眞的掙口飯吃喔。妳趕快交稿，不要讓我被炒魷魚，我就謝天謝地了。」

……是眞的。居然是眞的欸！

等編輯走了以後，她發呆了半天。從窗戶望出去的尋常街景，突然大大的不一樣了，這世界徹底的翻轉過來。

上邪是……這她知道。但是美女編輯也……看起來非常正常的美女編輯也……也是……

「移民」？

這街上到底有多少跟上邪一樣的「移民」啊？到底有多少是人間本土的，多少是……

她不敢再想下去。

還是去找葉舒祈吧。至於管理「移民」之類的……希望台灣有專屬的「移民局」可以管理。

但願吧。

* * *

循著地址找了很久很久，她才找到隱藏在小巷子裡的葉宅。

爬上樓梯，這公寓看起來恐怕跟自己的年紀差不多。遲疑的按了按電鈴，一個半透明的少女穿出大門望著她。

猛然往後一跳，嚇……鬼啊！

少女也被她嚇一大跳，趕緊縮了回去，沒一會兒，終於有正常的人類（？）打開了大門。

亂糟糟的綁著馬尾，穿著破舊T恤的中年女人無奈的看著她，「……我在趕工，很忙。有什麼事情等我趕完再來找我好不好？」

「……我很想說好。」一想到上邪，翡翠的眼淚快奪眶而出，「但是……」

只要上邪可以回家，就算葉舒祈的家裡塞滿了鬼她也要闖一闖。

「別哭別哭。」舒祈頭痛的阻止她的眼淚，「進來吧。」

……眞的塞滿了孤魂野鬼。嗚嗚嗚……眼睛看得到的空間或坐或站，還有飄著的。她好害怕……

「得慕，把他們帶進電腦裡面去。」舒祈無奈的揮揮手，「他們嚇到客人了。」

剛剛來應門的半透明少女皺緊了秀氣的眉，「但是他們還沒登錄欸……」

「帶去妳的檔案夾登錄。」舒祈嘆了一口氣，「小姐，妳跟妖

怪住在一起太久了，妖氣讓妳看得到不該看到的東西……快把他們帶走。」

翡翠瞠目結舌的看著一大群的孤魂野鬼魚貫的從電腦螢幕進入，消失了蹤影。

哇啊～這好像貞子的相反版啊……

她半夜還敢一個人開著電腦趕稿嗎？嗚嗚嗚，好可怕……

「擦擦眼淚。」舒祈遞給她面紙，「根據統計，活人謀殺活人的案例，遠遠超過死人和妖怪謀殺活人的數量。其比例大概是一百萬比一。」

翡翠滿臉淚痕的看著舒祈，「……我理智上知道，但是我情感上不知道。」

兩個年紀差不多的女人無奈的對望。

「說說看，」舒祈又嘆了口氣，「妳想要什麼？跟妳住在一起的妖怪沒有來？妳要驅逐他嗎？我可以幫妳介紹個專門打工除妖的……雖然是個高中女生，不過我想她應該可以輕鬆的……」

「不是啦！」翡翠哭叫起來，「上邪已經讓那群黑衣人趕跑了啦！我要上邪回家啦！」

「上邪？黑衣人？」舒祈皺起眉，「妳仔細說給我聽。」

她很專注的聽翡翠顛三倒四的說明，眉頭越皺越緊。

「是黑薔薇十字軍吧？」舒祈沉下臉，「幾時台灣變成梵諦岡的管轄範圍了？不用來拜碼頭的？得慕。」

少女從電腦螢幕探出頭，翡翠嚇得往後一跳，得慕皺著眉，「舒祈，我還沒登錄完欸。」

「先不忙這個，我問妳，妳知道黑薔薇十字軍來台灣活動的事情嗎？」

「欸？」得慕瞪大了可愛的眼睛，「他們沒有報備喔。有這回事嗎？我問問看……」

……爲什麼梵諦岡的啥勞子十字軍來台灣活動，得跟這個貌不驚人的女人報備啊？我到底到了什麼地方啊？

翡翠環顧這個宛如原子彈轟炸過的混亂工作室，唯一比較不尋常的，也不過是有很多電腦主機並排在一起而已……

但是這些明顯在運作的電腦主機沒有插上電源。

她不敢再想下去了。

「沒有喔。」得慕乾脆從螢幕裡出來，「我查過工作日誌，他們是未經許可就在境內活動的。」

舒祈厭煩的托著腮，「那當初協議作啥？梵諦岡自己不想管這塊彈丸小島的事情的。硬劃給我煩，然後高興闖進來就闖進來？不是說別干擾到人類嗎？他們搞什麼鬼？」

「……舒祈……妳也是人類。」得慕提醒她。

沒好氣的瞪她一眼，「要妳告訴我？我當然知道。」無奈的瞪著天花板一會兒，「小姐……妳叫翡翠？翡翠，如果妳收留那個妖怪，就要管轄著他，別讓他作亂。」

「他跟我一起的時候很乖的！」翡翠叫了起來，「他很好……眞的很好！雖然說他壞脾氣胃口又大，養他養得累死了……但是他在我家以後沒再吃過人啊！他答應我第一個吃的一定是我……我還沒被吃掉他就會乖乖的……」自己都覺得這樣的辯解有點莫名其妙，「……他不會害別人的啦！」

舒祈無奈的望她一眼，十指靈巧的在鍵盤上飛舞，「唔……翡翠，妳的電腦沒開？」

「沒有。」她哽咽的回答。

「……得慕，妳送翡翠回家，然後從她家的電腦回來。我懶得去查ＩＰ了……」舒祈揉揉額角，「我會處理的，上邪……也可以回家。讓我抓到是哪個多嘴的妖怪告訴妳可以來找我的，我一定……讓她生不如死。」

舒祈咬牙切齒的回到電腦工作，「我早就說過了，我最近工作排得很滿，已經要崩潰了，有任何事情也等下個月我再處理……我是人類啊！要賺錢吃飯的！哪有那麼多美國時間管這些無聊的五四三……這些事情有錢賺嗎？該死的聯盟……我管轄台灣地區也沒有薪水，他媽的維護世界和平……」

得慕點了點翡翠的後背，友善的對她笑了一笑，「來吧，我送妳回家。」

最初的那種恐懼感過去了，她覺得……其實得慕長得還滿可愛的。

「舒祈……是不是在生我的氣？」她很明白趕稿時天崩地裂的感覺。

「哦，別理她。她只是喜歡嘴巴唸唸，讓她發洩一下也好。她最近趕工趕得不太正常……就算妳不來，若是我們剛好得到情報，她也會處理的。」得慕笑了笑，「別擔心，她唸歸唸，還是什麼都管的。不然，說眞的，也不會照顧我們這些天不收地不管的孤魂生靈……」

翡翠驚愕的停住腳步，「妳是說……？」

「我讓她收的時候，還是植物人。」得慕伸伸舌頭，「那時我肉體還活著，但是靈魂已經無法留在損傷嚴重的身體裡了。像我們這種生靈是很容易被惡鬼吃掉的。剛好逃命的時候遇到了舒祈，她開了檔案夾收容我。」

「……檔案夾？」

「這是舒祈的特殊能力。她可以在電腦裡開檔案夾收容生靈和孤

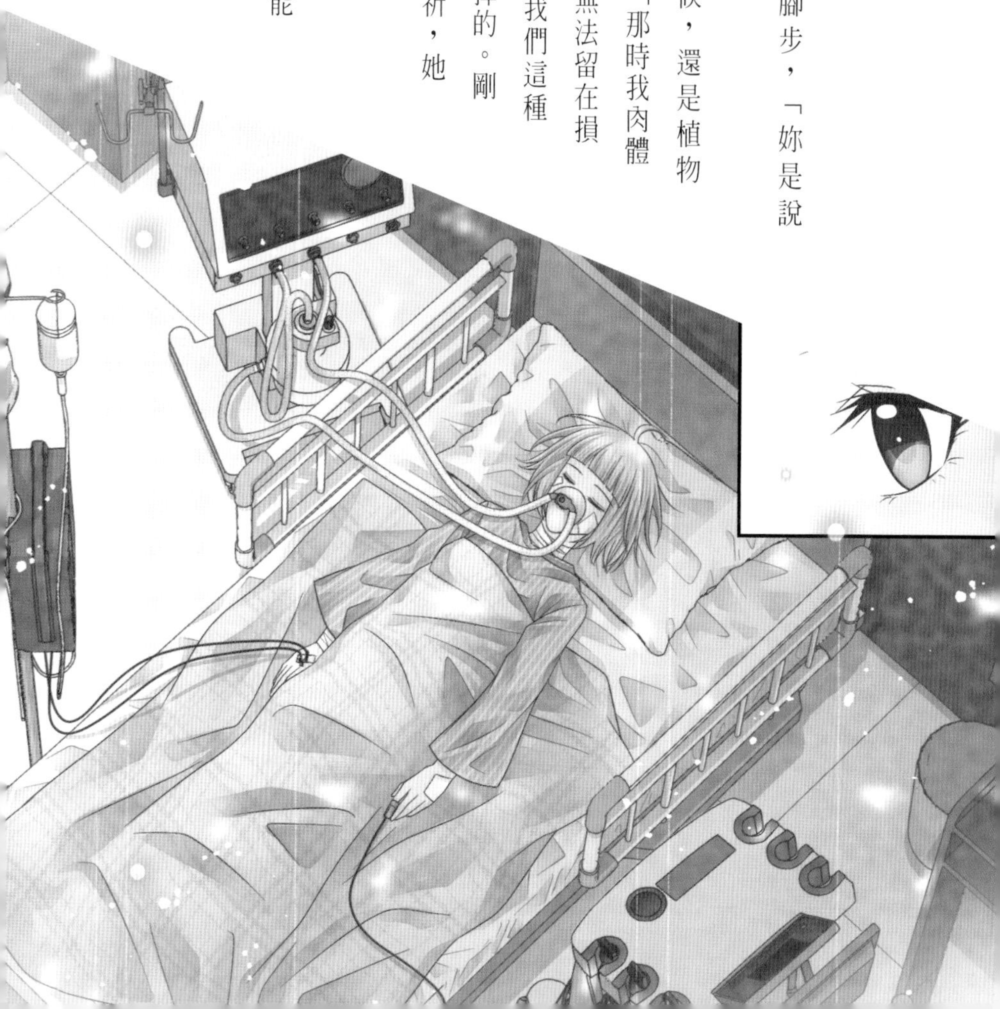

魂。創造力和想像力夠的生靈孤魂可以在檔案夾裡構造自己的世界……不夠的可以寄居在別人的世界裡。天堂只收乾淨無瑕的靈魂，地獄又只收滿身罪孽的惡靈，我們這些不上不下的孤魂野鬼，也只好來舒祈這兒寄居。」

她噗嗤的一笑，「他們自己不收的，硬說舒祈在人間搞第三勢力……不過也眞的收到爆滿，說是第三勢力也不爲過吧？」

「……你們的主機沒有插電……」

「因爲我們收了一隻雷獸在電腦裡，很久不用繳電費了。」

翡翠一跳，不會吧？「妖怪也可以收進檔案夾?!」

「如果妳想參觀，

等妳睡著了，我可以帶妳來玩玩。」得慕很友善，「別害怕，跟作夢一樣。其實……妖與非妖，只有一線之隔。人類的血統是很複雜的……純粹的人類可以說沒有。多多少少都摻雜了神或魔的血統，有時候隔代遺傳可以很完整的呈現，尤其是跨越生死以後……」

怔怔的望著她，又火速的望望街上來往的行人……眞的都是行「人」嗎？天啊，會不會她的上上代，或者是上上上上到無盡上上代，也是……「移民」？

她不敢想下去了。

「其實，妳本來不用知道這些的。」得慕乖乖的跟在她背後回家，「但是妳若要收容妖怪在家裡住……最好了解一下。因爲他的妖力會影響妳，只是我很奇怪，妳怎麼會到現在才『看到』呢？」

翡翠打開大門，「……我足不出戶。」得慕卻像是被很大的力量推出去，驚愕的跌坐在地上。「……不是的。請妳把門上的『禁制』拿下來，不然我進不去。」

什麼禁制？她在門上摸索了一會兒，找到一根銀白纖長的頭髮。這是上邪的。

「難怪……」得慕充滿敬畏的看著，「連我都進不去了，還有什麼雜鬼小妖進得來？他很保護妳呀……」

握著柔細的長髮，翡翠有種想哭的衝動，卻積壓在心裡，哭不出來。

上邪……看起來這樣粗魯，卻什麼事情都替她想了。

從大門到臥室，起碼下了十道的禁制。

「連電腦也有……」得慕笑了起來，「不過我得破壞他的禁制，不然我們不能掌控他的行蹤。我得花點時間開個門……」

她坐在電腦前面，半透明的手指在鍵盤上游移，進入Dos模式，開始解開上邪設下的保護。

「……我要說，他是個令人敬佩的妖怪。」得慕滿懷敬意，「活過千年的大妖通常對複雜的電腦不拿手，但是他連這個管道也設得點滴不漏。我把門開好了，請他不要關上這個通道。非必要我們不會未經許可從這裡進出，但是我們得確定能掌控他的行蹤。」

她幾乎是抱歉的笑笑，「請他諒解。」

「……他可以回家了嗎？」翡翠一點也不在意這個，只要上邪可以回家，在她家裡放監視器都沒關係。

「妳可以歡迎他回來了。」得慕融入她的電腦螢幕，「黑薔薇十字軍不敢再來煩你們……若是敢，他們可是得跟舒祈的軍隊抗衡。我想他們不敢冒這個險吧？記得把禁制放回去……妳不想再看到那些不該看到的『東西』吧？」

……很好，舒祈家的孤魂野鬼多到可以集結成軍隊了。很

多事情是不要細想比較好的。

她希望的只是，上邪回家來。

但是怎麼告訴他，他可以回家了？可以寫信到哪裡，或者可以用即時通找他？

淚流滿面的呆坐在電腦前面，突然想到他們都在玩的線上遊戲可以寫信。

但是在外面流浪躲避敵人的上邪會有心情玩 game 嗎？抱著姑且一試的心情，眼淚鼻涕的寫了很長的信，寄給上邪。

寄完呆了一會兒，她實在沒有心情待在遊戲上面，正要關閉遊戲……

「啊勒，誰教你去找那女人的？我幹嘛被她管轄啊？我可是被尊爲神的大妖呢！被個人類管轄，我的面子要擺哪啊？」她的訊息欄突然出現了這段密語。

瞪著電腦螢幕好一會兒，她揉揉眼睛，不禁勃然大怒，天天擔心他擔心到快哭瞎了，這王八妖怪居然在玩線上遊戲？他媽的……

「你在哪?!」她氣得打字的手都在發抖。

「網咖。啊不然妳告訴我，還有什麼地方更適合躲那群王八蛋的？安啦，他們白痴，想不到我是個高科技的大妖魔……」

左右張望了一會兒，那個豬頭妖怪的人物站在她旁邊。

可恨爲什麼他們在安全區啊？如果可以ＰＫ，她眞想雷火交加的劈死這個混帳東西……

「你馬上給我滾回來！」發抖的手打了好幾次，才終於打出完整句子。

「我才不要。」

她懶得密語，怒氣沖天的用普通頻跟上邪吵了起來。有個煩不過的玩家好心的密她，「是妳男朋友喔？他好像跟人家打架，全身是傷的窩在網咖好幾天了，妳來接他回去好了……」

「……你們同網咖嗎？」翡翠驚愕，趕緊密回去，「告訴我地址，求求你……」

「嘿啊，看他窩好幾天了，我偷看他的螢幕才知道的。地址是……妳來接他回去吧，這樣窩下去對身體不好啊。我聽網咖的妹妹說他都沒睡覺……不要太沉迷遊戲了……」

火速下線以後，她抓著錢包跑出大門，衝到馬路中間攔了計程車。

「小姐！妳不要命了喔?!」計程車司機嚇出一身冷汗，「妳怎麼……」

「我是不要命了！快！我要到這個地方去。」她匆匆上了計程車。

司機還在研究地址，翡翠很沒形象的踹他的椅子，「快開車！」

計程車司機害怕的蛇行開了出去，不知道是遇到熊還是虎。

應該是……母老虎吧？

一到網咖，她連車都來不及停好就開門踉蹌的衝出去，想跟她要車錢，計程車司機的手無力的伸在半空中，摸摸鼻子，算了……

哪知道這隻母老虎又撲回來，還死命的拍他車窗。

要死了，該不會白坐車還要搶劫吧？爲什麼現在是紅燈，連逃命的機會都沒有啊……

「什……什麼事情？」小心的搖下一條窗縫，司機嚇得都結巴了。

翡翠鐵青著臉從車縫塞了張千元大鈔，又鐵青著臉衝進網咖。

……眞是什麼樣的人都有。餘悸猶存的司機撿起鈔票，綠燈就火速逃離現場。看她那麼恐怖……該不會是去殺人吧？

其實翡翠是很想殺了不肯回家的上邪。她推開店員，一個位置一個位置的找過去，

在最角落找到他。

……終於知道，上邪爲什麼不肯回家了。

比上次在陽台撿到他的時候，更委靡，也更淒慘。硬要維持人形耗費了他所有的妖力，無力讓聖刀造成的傷口癒合。好幾天沒洗的T恤狼狽的凝著血跡。

「妳怎麼找到的？」他跳起來，扯動傷口讓他齜牙咧嘴，「啊勒，是誰告密的？我要宰了他……」

「……你爲什麼不回家？」她哽咽了。

「……」沉默了一會兒，「我不想

讓妳看到我這樣。再過幾天，我就會好一點，最少……」

撫著他瘀青的臉，心裡滿滿的是心疼和不捨，她以爲這段時間已經哭得夠多了，哪知道現在掉的眼淚比所有的眼淚加起來還多。

抱著他哇哇的拚命哭，「回家啦……回家……我們回家啦……我還有雙氧水，很多很多雙氧水……」

笨女人，雙氧水治不好我的。不過妳的眼淚可以。但是，我開始討厭看到妳掉眼淚了。

因爲……這裡會痛。心臟的地方……比傷口還痛得多。

「別哭了啦，吵死了。」他喃喃著，「回家就回家。妳到底有沒有好好吃啊？爲什麼看起來一副非常難吃的樣子？妳忘記妳是我的食物喔？我第一個要吃的人可是妳欸。天天吃泡麵……我不想啃木乃伊……」

翡翠用力的捶他一下，撲在他懷裡繼續哭。

死女人……剛好捶在最大的傷口上面，痛死了。

但是上邪，卻笑了。他的笑容，是多麼的美麗。

第五章

召喚

「……我跟你說過多少次了，不要再抓蒼蠅當仙女了！被蒼蠅沾過的菜還能吃嗎？」翡翠對著金光閃閃的菜發怒。

「妳很煩欸，」上邪不耐的回答，「知道啦，這不是蒼蠅變的，妳以爲蒼蠅好找喔？有眼睛就看得出來，這仙女比較小，是蚊子變的！」

「……蚊子會比蒼蠅好嗎？」翡翠跳了起來，「不要再變這種蠢把戲了！蒼蠅沾過的不能吃，蚊子沾過的也不能吃啦！你想害我拉肚子是嗎？」

「我消毒過了。」上邪皺緊眉，「妳歧視蚊子蒼蠅喔。」

「就算消毒了，我情感上也不能接受啊！」

「……蜻蜓如何？但是蜻蜓有點難找，又大了點……」

翡翠氣得發呆，「……不用仙女飛過，我也會說你做的菜非常好吃！這些花招搞來作啥啊？搞笑？賣鬧啊……」

「妳還說勒，妳的讚美越來越沒創意了。我辛苦做菜妳連讚美都不會喔？妳今天說的跟大前天的台詞一樣，而且還是抄日劇台詞的。妳是不是作家啊？我真的很懷疑欸……」

這頓飯從開始吃就吵，一直吵到吃完洗過碗，一人一妖妳一言我一語吵得不可開交，吵到電話響到要爆了，翡翠才沒好氣的接起電話，「喂?!」

「翡翠，妳太久沒被催稿是嗎？」美女編輯的聲音隱含著雷鳴，「妳的稿呢？妳的問題……我是說妳『朋友』的問題不是解決了嗎？妳還有什麼拖稿的藉口?!」

「我寫到第九章了，我先寄給妳……上邪，你別再煮點心了！我已經胖了三公斤啊！你就算煮了我也不要吃，我討厭甜食！」翡翠摀著話筒叫著，「啊啦，編編我寄過去了，最後一章我明天一定交！對不起，我現在很忙……」

「……我想也是。」美女編輯扶扶額角，「妳沒透露我的姓名吧？不要解決了妳的……我是說妳『朋友』的問題，造成了我的問題！」

「我是個有義氣的人……」翡翠心不在焉的回答，「啊～你煮好了？我才剛吃過飯，你煮那麼多幹嘛？我不要吃！對不起，我去忙了……」

看著那碗香噴噴、木已成舟的紫米湯圓，翡翠開始痛恨上邪的好手藝。

「……我不想再肥下去。已經很肥很肥了啊！」她沉痛的指責，「我不要再吃了！都是你害的……」

「妳說什麼話呀？」上邪扁了扁眼睛，「就是要這樣胖胖的、軟軟的，抱起來才舒服呀。人類的審美觀真奇怪，路上一堆不死軍團在走路，還穿著緊緊的牛仔褲，看起來像是兩根筷子，會不會摔一跤就斷了啊？妳想變成那樣？快點吃！妳氣色有夠爛的……」

美食和身材……真是令人惱怒的選擇啊！尤其是「美食」那邊有個廚藝很好的妖怪幫妳想好了一切藉口的時候，「好身材」變得越來越無所謂，離自己越來越遙遠……

變成天邊一顆寂寞的星星。啊啊，好身材，我懷念你……

「我恨你。」一面吃著該死好吃的紫米湯圓，翡翠眼淚都快滴下來了。

「煮給妳吃，妳還恨我?!人類真是忘恩負義的生物……」

「這是陰謀，你在破壞我的身材！」

「一捆柴叫做身材？」上邪嗤之以鼻，「妳幹嘛不搬去衣索比亞？」

「就算搬去火星，你也會弄出一堆東西逼我吃！」對他怒目而視。

「再來一碗吧。知道就好，有什麼好掙扎的……」上邪大刺刺的又添了一碗給她，「我煮

得累死了，廚房讓妳收喔。」

然後很安心的去看他的卡通。

……她開始後悔把他找回來了。默默的洗著大疊的碗盤，唉，這個時間，她應該去把第十章寫完才對。碗盤放著又不會跑。

但是上邪會碎唸很久很久。被唸死跟洗碗……她很沒種的選了洗碗。

嘩嘩的洗著碗盤，她突然有點恍惚。有種奇特的香氣和幾乎聽不見的喃喃讓她的眼皮漸漸沉重，覺得輕飄飄的，像是身體失去了重量……

「翡翠！」上邪一把抓住她，「妳差點出竅了！」

猛然驚醒，她愣愣的看著水流嘩啦啦的水槽，「怎麼了……？」

「……有人類在召喚我。」上邪抵禦著召喚咒語，「奇怪，還有人記得召喚我的方法？」

他在考慮要不要去。他來到人間的方法就是應召喚而來的，只是召喚他的人類能力不足，死了，所以他才滯留在人間，沒有回去。

人間好玩多了。人類是種好玩具、好獵物，並不如外表看起來那麼柔弱。他吃人、或者被人類殺死，這種死亡遊戲讓他樂此不疲。

雖然他因爲一時大意被拘禁了千年之久，他仍然覺得人間比較有趣。

現在又認識翡翠了。

不過，暌違已久的家鄉……透過召喚的儀式，他是有機會回去看看的。

但，他有什麼非回去不可的理由嗎？沒有的。他最想留下的，就是翡翠的家。

「不要理她。」這種程度的召喚只是煩人而已，「我們去買菜吧，冰箱的菜快沒了……」

上邪可以置之不理，深受妖氣影響的翡翠卻不行。

這聽不見的喃喃日夜困擾著她，讓她恍恍惚惚

的。有時候白天寫稿寫著寫著，等清醒過來，發現自己打滿了一整面的「上邪！吾欲與君相知，長命無絕衰……」一遍遍的，重複著相同的古詩。

望了望看卡通正入迷的上邪，決定不告訴他。這沒什麼大不了的……大概是自己的精神太脆弱。上邪不是說別理她就好了嗎？

這種侵擾是隱約的、無形的，直到上邪飛馳到半空中接住從二十四樓跳下來的她，被獵獵的風吹著，緊緊的抱著上邪，她害怕得指甲都掐入上邪的背裡。

「可惱啊……」上邪的鼻子獰出怒紋，「卑賤的人類用低級的召喚險些害死妳！我非殺了她不可……爲什麼不跟我講？妳這笨母猴子！」

牙齒打顫了半天，翡翠才勉強擠出一句話：「……別殺人。」

「笨蛋！」想把她從陽台塞回去，翡翠緊緊的抓住他不肯下去。

「你要去哪？我也要去！」她隱隱約約感覺得到上邪發狂的怒氣，不能殺人的……這是居留的條件之一呀。「我跟你去！我不管，我也要去！」

被她纏得沒辦法，「……抓緊。妳幹嘛要跟我作對……妳就不能聽話一點？吵死人的母猴子……」

騎在上邪的背上，她不斷的祈禱，閉著眼睛不敢往下看。連飛機都不敢坐了，更何況這樣被風拚命吹的「妖怪飛機」？天啊，眞的是好可怕……

發現上邪猛然一頓，她眼睛閉得更緊，抖得更厲害。該不會是「墜機」了吧？

「下來。」上邪的頭髮被她揪得死痛，無可奈何的，「到了啦！妳想把我的頭髮拔光是不是？就叫妳不要跟來了……」

僵硬的將十指一根根的鬆開來，落地踉蹌了一下。天啊……她還活著欸。老天爺對她實在太好了……

「……這裡？」她瞠目了，這不是很有名的高級別墅區嗎？最早有社區公車那個。住在這裡的不是達官就是貴人，要不然就是藝術家或出名的作家。

這種地方怎麼會有人使用古老到失傳的召喚？

上邪很大方的穿過大門，從裡面打開門鎖，招手要翡翠進來。

哇塞……好豪華的房子啊。比雜誌上的華宅還豪華多了，簡直像是電影布景嘛。她驚歎的抬頭看著華麗的水晶燈，東張西望的看著宛如博物館的擺設，好幾次沒留意腳下，險些摔倒。

「妳劉姥姥進大觀園啊？」上邪沒好氣，「眞沒見識，這種破小屋子就唬住妳了。趕緊把稿趕一趕啦，等妳有時間，我帶妳去看看眞正的豪宅。」

「我沒錢。」翡翠扁了扁眼睛。

「呿，妖怪旅遊還需要錢？沒見識……」

「我不要搭『妖怪飛機』。要搭就要搭頭等艙啊～不然我會暈機。而且我要住五星級飯店……全套ＳＰＡ的那種。」

「妳知不知道什麼叫做『歪嘴雞還想吃好米』？」上邪瞪了她一眼。

奇怪他們說話這麼響，屋主卻沒有出現。爬上美麗的旋轉梯，一直到閣樓，記憶裡令人昏昏欲睡的香氣撲鼻而來。

身穿白袍的女子，專注的伏在祭壇

前，喃喃的唸著祭文，手裡抓著一隻被捆著的雞。她抬頭，美麗的臉上有著扭曲的殺氣，翡翠得摀住自己的嘴才不叫出來。

……這張臉孔家喻戶曉，打開電視就看得到了。是……她？這種大明星爲啥要召喚上邪？

不過，等她拿起尖利的刀子，俐落的砍斷活生生的雞頭時，摀著嘴還是叫了出來。

上邪敲了一下她的頭，將她塞到身後去。眞是笨……誰知道這個怪女

人有沒有門道，叫什麼叫啊……

「誰?!」斷頭的雞還在她手裡掙扎，幾滴鮮血濺在召喚者美麗的雪頰上，看起來有種鬼氣森森。

「妳不是召喚我嗎?女人。」上邪低伏著，銀白的毛髮在黯淡中閃爍著冷冷的光。

她扭曲的臉漸漸的轉成驚愕，然後狂喜，「你來了……大人，上邪大人!你終於應我的召喚而來了!請你容許我服侍你，足以毀天滅地的妖神啊……請容許卑賤的我成爲你的巫女……」

「妳怎麼知道召喚我的方式?」上邪瞇細眼睛，他不記得在這個小島上應過召喚。

「我的祖先曾經服侍過你。」美麗的她興奮得雙手發抖，顫顫的拿起一卷古老到要粉碎的舊紙卷，「大人……我甘心成爲您的巫女，任您驅策!您要我做什麼我都會去做的……我知道您以人爲食，您要吃多少人我都會去張羅!只要您答應讓我成爲您的巫女……我的身與心，一切的一切，都是您的!」

……不會吧?躲在上邪背後的翡翠變了顏色。怎麼會有這種人啊?拿自己的同類獻祭?夠了喔……

上邪朝後踹了翡翠一腳，要她安靜。「妳想要什麼？怎樣的願望讓妳不惜犧牲同類？」

「……我要永遠的美麗。」美麗的臉孔扭曲起來，「我要永遠的青春！這對您來說很簡單吧？您看看我，看看我！」她激動的指著眼角，「這幾條該死的皺紋不肯走啊！我已經什麼都不敢吃了，我的腰居然該死的多了一吋！我受不了這個，我受不了！我願意用所有的代價來換取美麗和青春！求求您，偉大的妖魔……成全我卑賤的願望吧！」

「的確是很卑賤的願望。」上邪看著她，眼中無數的嘲弄，「青春和美麗對女性的意義為何？不過是為了求偶罷了。用纖瘦的身體偽裝成少女，美麗的外貌對異性誇飾……意義不過是這樣而已。妳為了這種盲目的意義願意犧牲一切？不覺得扭曲了身為人類的意義嗎？我看妳也無法繁衍任何後代……青春和美麗對妳根本是裝飾而已。」他笑了起來，「我果然不懂人類。」

「你說什麼我不懂！」美女發怒起來的臉，實在是很可怕的。她咬牙切齒了一會兒，低頭平復，再抬起頭又是滿臉楚楚可憐，「你要拒絕我嗎？不要這樣……我得到永遠的美麗，你有源源不絕的食物，各取所需，不好嗎？我會供應你最奢華的生活……甚至我整個人……」她妖媚的靠近上邪，解著胸前的鈕子，「都可以是你的……」

「別靠近我，卑賤的人類。」上邪的眼光森冷起來，「妳的要求，我拒絕。」

「……你怎麼可以拒絕我的召喚！」杏眼圓睜，她怒吼起來，「我的儀式完美無缺，而且我熬過去了！我沒死！你不應該、不可以拒絕我的！」

「因爲，我已經先接受別人

的召喚了。」上邪獰笑著從身後抓出翡翠，保護的將她抱在懷裡，「我已經先應了翡翠的召喚了。」

咦？翡翠指著自己鼻子，我嗎？我什麼時候……

「這個又老又胖又醜的臭女人……有哪一點比我好?!」美女發怒得幾乎要抓狂,「你選她不選我?!」

喂喂,就算實話妳也不要這麼直接……

「我就是喜歡她不喜歡妳。解約很簡單,但是我不想解。」上邪惡意的拍拍翡翠的頭,「妳不知道妖怪的眼光裡,美不美女沒有意義嗎?在我看起來,妳們都是相同的沒毛猴子,我個人比較喜歡這隻,肥肥的,抱起來滿好的。」

「什麼叫做肥肥的抱起來滿好的?!還不是你拚命煮一堆把我餵得不成人形……」翡翠對著他吼。

上邪沒理她,「而且,她的感情聞嗅起來,比妳美味多了。妳的心帶著惡臭,連最好的香水都掩蓋不住。」

「你侮辱我……你居然這樣侮辱我!」美女撲了過來,翡翠尖叫,「上邪不要!」

上邪沒有動,翡翠抬頭,看見他頸上不知道什麼時候多了條鎖鏈。

「你逃不了的。是不是覺得全身沒有力氣?」美女歇斯底里的笑了起來,一把揪住翡翠的頭髮,「剛好我拿你的前任巫女獻祭,我就殺了她讓你吃……」

「可笑的把戲。」上邪望了美女一眼，就讓她飛了出去，厭煩的扯斷頭上的鎖鏈像是麵條糊的，「妳拿鎖龍用的鎖鏈想鎖住我？會不會想得多了點？」

摸摸翡翠的頭髮，「痛不痛？」

她呆呆的點點頭，又搖搖頭。

「妳傷害我的巫女……這個罪是很大的……」他銀白的長髮在空中飛舞，帕啦啦的宛如有電光一般。

好不容易爬起來的美女驚恐的

看著他的逼近……

「上邪不要！」翡翠尖叫起來。

一陣閃光過去，劈哩啪啦的捲起狂風。等塵埃落定，整個閣樓像是被炸彈轟炸過一樣，美女倒在地上動也不動。

翡翠緊張的拿出手機，「救護車！快叫救護車！糟糕，是九一一還是一一九啊？」

「她又沒死。」上邪扁扁眼，從廢墟中撿起舊紙卷，輕輕一握就化成粉末。「好了，沒事了，收工。」

翡翠還是提心弔膽的探了探，確定美女的心跳呼吸都穩定，才驚魂未定的離開。

「……我們搭計程車好不好？」還得「飛」回去嗎？她有點想哭。

「不好。」上邪一把把她摔到背上，「抓緊。」就很瀟灑的「起飛」了。

哇啊啊啊～我有懼高症～

回到家，上邪恢復常態，天天拿著鍋鏟看美食節目。

天天和她打架吵架的上邪……原來是這麼厲害的妖魔。她在螢幕前發呆，Word還是空白一片。

顧不得會被編編追殺，她蹲在上邪身邊觀察了一會兒，用食指戳戳他毛茸茸的臉頰。

「幹嘛啦！」上邪趕蒼蠅似的揮揮手，專注的抄筆記，「別吵我。」

翡翠乾脆把電視關了，上邪跳了起來，「喂～～」

「……其實你可以把我打倒在地，我也沒有能力反抗的。」翡翠專注的看著他。

「我沒事把妳打倒在地幹嘛？妳神經喔？」他要搶回遙控器，翡翠卻藏到背後。

「我想跟你聊天。」

這母猴子是哪根神經不對？上邪狐疑的看她一眼，考慮了一下。算了，美食節目會重播。「想說啥？妳幹嘛陰陽怪氣的？」

「你怎麼不要應她的召喚？她很漂亮欸，台灣第一美女……」

「那層皮漂不漂亮，吃起來味道都差不多……喂！妳幹嘛打我？我反對暴力的！」

上邪摀著頭對她怒目。

你反對暴力……翡翠扁眼看他。「跟她有什麼不好？她也只是想要年輕漂亮。這是每個女人的願望啊。而且她會讓你過很舒服的生活，你就不用拿鍋鏟了……」

「我喜歡拿鍋鏟，妳咬我？」上邪偏頭看她，「妳幹嘛？寫稿寫到起笑了？突然講這個？我就是討厭她，不想待在她那充滿惡臭的家裡。」

「你可以把她導入正途啊。反正你說啥她都會聽的。大家都是女人，我很了解她那種恐慌……我從來不是美女，老就老，還好啦。但是一個美女要活生生的看自己變老，實在是很殘酷的處罰……」

「妳看我是心靈導師的料嗎？」上邪沒好氣。

「我看你跟她討論青春和美麗的意義，有模有樣的。」翡翠承認，「我沒想到你還眞的想得滿深的……」

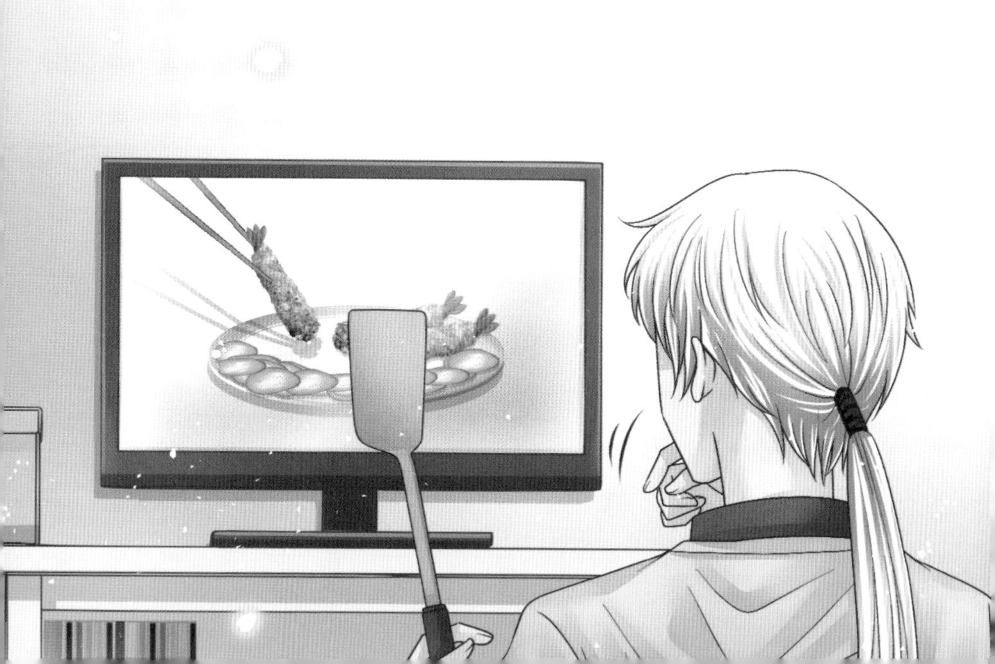

「唷，妳看過哪個神棍不是滿口大道理的？」上邪扁眼敲她的頭，「妳以為當『神』那麼簡單唷？當然要說一堆漂亮話唬住人啊。我好歹也被拜了很久好不好？怎樣？妳也想要青春美麗？早說嘛！這只要一點點幻術……妳媽都認不出妳來。」

「我變漂亮給鬼看啊？」翡翠瞪他，「電腦又不管我漂不漂亮。只有電腦會看我。」

「我在看啊。」上邪瞪回去，「喂，我沒眼睛的啊？不過人類的美醜沒啥意義就是了。都是一群會走路的食物……我想妳也不關心雞長得好不好看。每隻雞看起來都差不多咩。」

雞？翡翠惡狠狠的踹他一腳，「啥睒？我在你眼中只是一隻雞？」

「妳踹我?!我就跟妳說我反對暴力！」

一人一妖扭打成一團，氣喘吁吁的靠在一起。

「……我有召喚你嗎？」靠在他軟綿綿的毛皮上面，真的很舒服。

「有啊。」上邪把她抱在懷裡，趁機拿走遙控器，「我們第一次見面，我不是跟妳說了名字，妳就唸了咒語嗎？」

「……那是大家都知道的古詩吧？這樣儀式應該沒有完全……」

「妳管我？我說完全就完全。」太好了，節目還沒結束，「喂，妳到底一章要寫多久？滾去寫功課啦！我等妳一起去買菜，等到現在欸！」

很準確的把她丟到椅子上，力道剛剛好，「快寫！我想去買生魚片。這個季節的鮪魚最讚了。」

「喂！我不要吃這麼奢華的食物，很貴欸！」翡翠氣急敗壞的抗議。

「安啦，那個老闆娘會賣我便宜的。趕快寫啦！」

「我討厭你這樣出賣色相。」翡翠碎唸著，「不要吃那麼貴的東西不就好了？討厭……」

如果他應了大明星的召喚，就不用跟自己過這種斤斤計較的苦日子了。呆望著電腦一會兒，她開始勤奮的寫了起來。

上邪瞪了她背後一眼，決定不說話。讓她知道又偷看她的心聲，一定又會呱呱叫。

笨喔……要怎樣的奢華生活要不到？想要召喚他的人那麼多。人類的欲望無窮無盡，帶著強烈的惡臭，在這個都市，和每個都市蔓延著。

只有她這裡是淨土。他也只想留在這裡。

她是傻瓜，不知道召喚的意義。召喚是種神祕的儀式，除了看得到的咒語和陣仗，還有種難解的默契。

不是誰召喚他都可以成功的。勉強要找出相類似的行爲……或許因爲戀愛而結婚比較類似一點。

互相吸引而立下血誓，直到一方死亡才終止契約。

他不想跟其他人類立下任何契約，就算是暫時的也不要。他是妖怪，沒有人類那種囉唆的欲望，所以可以很誠實的選擇被召喚的對象。

翡翠不要他吃人，他就不吃。很簡單的道理。唯一的食欲可以克制的，只要翡翠還活著。

有點好笑……或許吧。就像是人類無意的寵愛了一隻家禽，就不會想吃其他家禽吧？

他的歲月無窮無盡，但是翡翠的壽命卻很短暫。

想到這個，從來沒有牽掛的他，心裡卻滲入了一些些惶恐。而這種惶恐越來越擴大，常常占據了他的心裡。

睡到半夜，翡翠突然被搖醒，「唔？」她迷迷糊糊的張開眼睛，「你不睡覺吵啥？」

「妖怪不用睡覺。」上邪怔怔的望著她，「喂，妳死了以後，靈魂也跟我好不好？」

「啥謎？」她望望鐘，讚，半夜三點半。這隻妖怪在想啥？「……那還好幾十年吧？」

「跟我啦！我會把妳裝到瓶子裡，好好的保護……」

聽起來很像標本……「要不要泡福馬林？」翡翠渴睡得要死，「好啦好啦，你不嫌煩我就跟著你，反正死了不用賺錢，換你養我好了……」她用力的在上邪柔軟的毛皮上蹭兩下，睡熟了。

人類的誓言很不可靠……他活了這麼長久的時間，怎麼會不知道？但是……

他卻爲了翡翠的允諾，這樣的快樂。

快樂到可以睡熟。

月光寧靜的照了進來，公平的照著翡翠的睡臉，也閃爍了上邪光滑銀白的毛髮。

一切生物，在月光之下，都是平等的。

第六章

她的眼睛很美麗

被這樣美麗的眼睛注視，任何人都會心跳加速的。翡翠覺得自己的心跳已經飆過自強號的速度了，突然有點後悔不該出來應門的。

房租已經交過了，誰來按電鈴她都該裝死的……

「呃……有什麼事情嗎？」這麼冷的天，她還滿頭大汗，「親愛的編編，我想我拖稿不是最嚴重的吧？我知道小綠綠比我拖得還嚴重，妳該先去她家看看才對。她家很漂亮喔，而且她煮的小點心很好吃……」

小綠綠，請原諒我。她在心裡偷偷地畫十字懺悔。我不是故意拖妳下水的……只是編編的奪命連環催稿太恐怖了，所謂死道友不死貧道……

美女編編鐵青著臉看她，美麗的眼睛看起來殺氣騰騰。「……我就是喜歡來察看妳的進度，怎麼樣？快讓我進去。」

可不可以說不要？她的進度還停在第一章的第一行，距離交稿日已經過了三天了。

美女編編看她石化了，乾脆推開她跨進大門。

咦？她沒有被彈出去？翡翠抬頭看看上邪下的禁制，應該還在呀?!

所以說……美女編編不是「移民」？

翡翠驚跳了起來，要死了，上邪還在她房裡看漫畫……「等一下！」她趕緊攔住編編，「呃……我房間很亂……給我一點時間，一點點就好了，編編妳先在客廳坐一下……」

她火速衝進房間，把上邪拖起來，拚命的往衣櫃塞。

「妳幹什麼?!」上邪被她推得火大，「我爲什麼要去衣櫃？喂！」

「編輯來了……拜託你躲一下啦！她看到你一定會昏倒的……」

「我變成人不就好了？」上邪很不耐煩，「變成人總不會昏倒吧？」

「讓編編知道我跟『美少年』同居?!賣鬧啊~她們編輯部的都很保守，我會被唸到耳朵出油啊！快給我進去！」

一人一妖誓死抵抗了半天，彼此怒目而視。

爲什麼他不聽話?!偏偏自己的力氣實在比不過上邪……

「要不然這樣好了，你變成一隻小貓？」翡翠退了一步，「這樣

大概也可以唬爛過去……」

上邪心不甘情不願的變了，翡翠知道他眞的盡力了……

「……你會不會覺得這隻貓大得有點不尋常？」就算是老虎也沒這麼大吧？

「妳眞的很煩欸！」上邪恢復原狀，「不變了！就這樣。她要昏倒也是她家的事情……」

「我不會昏倒的。」美女編編無奈的聲音在門口響起，正跟上邪扭打成一團的翡翠覺得分外的狼狽。

「……編編，我可以解釋……」但是該解釋什麼呀？她努力的搜索枯腸，這才發現唬爛是件高深的學問。

「妳是怎麼進來的？」上邪危險的瞇細眼睛，「妳不

該來這裡。我已經下了禁制。」

美女編編揉揉僵硬的頸項，「上邪大人，我姓管。」

上邪定定的看著她，「狐妖管家？專破禁制和封印的那一族？」仔細看了她一會兒，「妳是管九娘?!」

「是，我就是。」美女編編嘆了很長的一口氣。

翡翠瞠目結舌的看了她好一會兒，美女編編無奈的解釋，「我知道妳一定很難接受這個事實……是的，我也是『移民』……」

「不是那個，」翡翠心不在焉的揮揮手，「編編，我第一次知道妳的名字欸。管九娘？好古典啊……」

管九娘怔怔的看著這個神經很大條的小作家，「……我當妳的編輯這麼久，妳現在才知道？第一次見面我就給過妳名片啊！」

「……年久月深，我名片不知道塞哪去了……」翡翠心虛的回答。

……那她還叮嚀翡翠別讓舒祈知道自己名字做啥？她連自己的名字都不曉得。

「妳去死吧。」管九娘快氣死了。

「不好意思，我家翡翠的腦細胞不太健全……」上邪無奈的拍拍翡翠的腦袋。

「當她這麼久的編輯，這個事實我早就知道了！」管九娘扶了扶額頭。

「喂！你們不要同意的這麼一致好不好?!我也只是有人名健忘症，這難道不能被原諒嗎？喂～」

兩隻妖怪很一致的賞她兩個白眼。

「有什麼事情？」上邪很跩的靠在床上坐著，「小小狐妖也敢踏到我的家門破壞我的禁制？妳不知道這樣可能會觸怒我？」

「是我的家門。」翡翠虛弱的抗議，但是誰也不理她。

「上邪大人……若不是託賴有過一面之緣，我真的不敢來打擾您……」九娘長長的嘆氣，她今天嘆氣嘆得很頻繁，「或許您不記得了，那時我還是個孩子……」

「我記得。」上邪趕緊打斷她，「別提那些了，到底有什麼事情？」

九娘望望翡翠，又望望上邪，心裡偷偷地笑了起來。大概她掌握到上邪一個遙遠的弱點了。

「上邪大人，是這樣的。您知道狐妖每千年都要躲九雷之災。我已經躲過了……

事實上，雷神要找我麻煩，還得千年之後。」

「哦？妳已經兩千歲了？時間過得真快啊。當年的小女孩現在也長大了……」

這種寒暄聽得翡翠有點頭暈。兩千歲才算長大……時髦美麗的管編編居然是狐狸精……太超現實了。她好像踏入了聊齋的世界，只是背景成了現代版。

她如果去找精神科大夫，大概會被當成精神分裂關起來。

「剛滿兩千歲不久。」九娘愁眉，「但是我的九雷之災卻躲了五次。」

正在喝茶的上邪頓了一下，「……五次？這不正常。天界跟妖界的協定不是這樣的吧？」

九娘無可奈何的攤攤手，「我也知道不正常。但是有個雷神就是死盯著我，逮到機會就對著我劈雷……」她頭痛的抱怨起來，

「老天，我已經拋棄身爲狐族的自尊了，現在都過著修女般的生活了！連跟男人約會都沒有欸！反正這個都市充滿了魅惑的氣息，也夠我生活下去了。潔身自愛到這種地步，那個違反天律被革職的雷神還跟蹤著我，我的精神都快崩潰了……」

妖怪也有神族的跟蹤狂啊……翡翠呆笑著，低頭抄著筆記。這個題材拿來寫小說不錯。

「就是跟著？」上邪不太起勁，「只要妳沒把柄給他抓到，我想他也拿妳沒辦法。」

「人有錯手，馬有失蹄嘛……」九娘心虛的回答，「總是有意外的時候……」

「哦？妳把男人拐上床，吸乾他的精氣？」上邪打起呵欠。

「沒有啦！」九娘大聲的抗議起來，「只是接吻而已啊……」

「然後趁機吸乾他的精氣？」上邪掏掏耳朵。

「也沒有！是他自己要把精氣灌過來的，我也只是意思意思的收一些下來……那個男人又沒死，休息個幾天就好了啊。但是那個雷神就追著我死劈雷。狐妖那麼多，他要維護世界和平，幹嘛不去找別人麻煩？別的狐妖還開應召站，他倒是都不管的，就抓著我不放！」

「聽起來……」翡翠從筆記裡抬頭，「那個雷神愛上妳了？」

「看到鬼！」九娘破口大罵，「妳寫小說寫壞腦子了？哪個神經病會這樣表達愛意？」

「編編，這題材不錯欸，讓我當下一本的大綱好不好？」翡翠精神爲之一振。

「不好！」九娘凶她，「妳把別人的災難當啥啊？妳趕快去寫稿！妳拖稿多久了？想挨揍啊?!快去寫！」

翡翠垂頭喪氣的回到電腦桌前，繼續對著空白的Word發呆。

「這種事情我幫不了妳。」上邪懶洋洋的吃著小餅乾，「我看妳去找舒祈那女人比較快。她跟三界關係都好，天界跟我沒交情……」要爲了一隻小妖狐殺雷神？太費手腳了，他懶。

如果是翡翠遇到這種鳥事，他一定把那雷神挫骨揚灰。但是管九娘又不是翡翠。

「……能找舒祈，我會來麻煩您嗎？」她愁眉，美麗的狐眼轉了轉，「您也看在曾到我母親的仙家居作客的份上……我母親對您可是……」

「停停停停停！」上邪漲紅著臉打斷她，「……妳這該死的狐狸精。」

「仙家居?那是什麼地方?」翡翠好奇的拿出筆記。

「呿,妳不寫稿偷聽我們說話?去去去,快去寫!」上邪像是在趕雞一樣拚命揮手,壓低聲音的咬牙切齒,「管九娘……」

她眨著美麗的狐眼,無辜的看著他。

狼狽的拔下幾根銀白的頭髮，幻化成精緻美麗的項鍊。「拿去！先給妳防身……我找機會跟雷神『談談』。」

滿意的接過項鍊，九娘笑瞇了眼睛，「謝謝您哪，上邪大人。您放心，我不會把仙家居的事情……」

「快滾！」上邪沉不住氣，「我可不是只會吃人，狐妖的味道也不錯的！」

等美女編編腳步輕快的離開了，翡翠狐疑的看著他，「你幹嘛發火？」

「我只是覺得麻煩而已。」他不大自然的咕噥幾聲，「寫妳的稿啦！囉唆……」

會不會殺了管九娘滅口比較簡單點？但是那個該死的狐狸精不知道還有什麼把戲……

眞是倒楣的一天啊。

* * *

要找到雷神是很簡單的事情。

只要跟著管九娘，就可以找到雷神了。他總是鐵青著臉，遠遠的、忿恨的跟著管

九娘。

管九娘走進辦公大樓，雷神就到對街的咖啡廳等著。

「這種表達愛意的方法會不會有點蠢？」上邪坐在他對面半天，雷神居然一無所覺，直到上邪開口，他才驚跳起來。

「……妖怪。」雷神勃然大怒，「滿口胡說八道些什麼?!」雷光閃爍，照亮了整個咖啡廳，他憤怒的一擊想把一切都化成灰燼。

化成人身的上邪只是拍拍頭上的灰塵，咖啡廳的客人依舊談笑風生，一點都沒有發現有任何異樣。

他……這個妖怪……居然可以擋住他的雷擊，甚至設下堅固的結界。

「知道我們實力相差有多懸殊了吧？」上

邪好整以暇的喝了口冰咖啡，又吐了出來，「……老天，這麼難喝的飲料是怎麼做出來的？洗碗水都比這個好。」

雷神狼狽的逃到半空中，他已經什麼都沒有了……被革職、被天界放逐……這條命原本也不值得可惜。

但是……他還想看見管九娘……然後讓她死在自己手裡。

都是那雙該死的眼睛害的！讓他日日夜夜，就只能想著那對眼睛……都是那雙眼睛讓他破壞了天律，才

會遭致放逐的命運。

一切都是她，都是她！通通都是她害的！

非親手殺了她不可……

「我就最討厭紅顏禍水這種說法。」恢復了眞身的上邪懶洋洋的讀了他的心，「男人自己白痴，把罪過都推在女人身上。沒想到堂堂一個雷神也墮落到跟人類一樣的卑鄙。」

雷神怒吼著，晴朗的冬天響起陣陣的雷，人類古怪的望向天空。當然他們什麼也沒看到，所以也看不到善使雷的雷神，讓同樣使用雷術的上邪劈焦了一半。

意識漸漸模糊的雷神知道自己難逃此劫

了，堅固的執念讓他運起所有的力氣，衝向辦公大樓，要死，也得帶著管九娘一起走……

滿身焦黑的暴徒衝進辦公室，編輯部的女生都尖叫了起來，管九娘蒼白著臉，看著雷神忿恨的利爪幾乎劃開她的喉嚨……

項鍊閃爍，像是千百萬瓦的雷電貫穿了垂死的雷神，讓他絕望的慘叫之後，伏在地上動也不動。

「叫警察！快，叫警察！」整個辦公室騷動不已，有的哭，有的叫，九娘僵在椅子上，望著這個執著可恨的宿敵。

她只要再施一點點力量……只要一點點……誰也看不出來……這個該死的傢伙就會死透了……

就是遲疑了一下。她也不知道自己爲什麼遲疑。身爲狐妖，她比人類更明白愛恨之執。雖然她不曾眞正的愛戀，但是……她同情。

這種氾濫的同情心給她帶來很多麻煩，但這是本性，沒辦法。

混亂中，化成美少年的上邪觀察了她一會兒，「妳不殺他？」

「……下不了手。」

上邪發現，自己居然也下不了手。爲什麼呢？若是翡翠有一天也怨恨他、害怕他、遠離他……

他會不會是另一個雷神？

「我在人間待太久了……」上邪喃喃著，「心腸也被無聊的情感腐蝕了。」

扛起雷神，他跟來時一樣宛如一陣清風，無所尋蹤。

＊　＊　＊

「……你帶流浪動物回來，我可能不會說什麼……」翡翠瞪大眼睛，「但是你帶一隻烤成八分熟的『人』……」

「他有翅膀。」上邪不太耐煩的抓著雷神的翅膀拖進房間，「那個會冒白泡泡痛死人的玩意兒……」

「雙氧水。天啊，我把雙氧水收到哪去了……」翡翠開始翻箱倒櫃，「唔，找到了。

但是他傷得這麼重……是不是送醫院比較好？」

「……我想獸醫不收吧？」上邪扁扁眼，「你看過收妖怪或神仙的醫院嗎？」

「……找師公？」翡翠不太有把握的回答。搔了搔頭，還是決定盡人事聽天命。

不過翡翠的好心腸倒是良藥一帖，沒多久，雷神就呻吟著醒過來。

「……讓我死。」他睜開眼睛，絕望的說了這句。

「呿，堂堂雷神跟人類一樣軟弱無聊。」上邪嗤之以鼻，「要死不會去撞火車？」

這隻就是雷神喔……翡翠驚奇的打量他，雖然烤成八分熟，面目還是挺英俊的……

「人間也不錯啊。」她很熱心的推薦，「雷神先生，你長得這麼好看，體格又這麼讚，當明星一定會名利雙

收的。幹嘛想不開呢？跟你說喔，女生是不會喜歡跟蹤狂的。很可怕欸！你如果想追美女編編，還是先跟她約會再說……」

「愚蠢的人類閉嘴！」雷神發怒了，「神妖不兩立，我怎麼可能……可能愛上那個低賤的妖怪！」

「你才給我閉嘴！」上邪也生氣了，「你凶我們翡翠幹什麼？翡翠不要理他，等等我就把他扔出去……」

「兩位男士冷靜一點……」翡翠搔搔臉頰，「這個……上邪，不要跟傷患生氣嘛。我煮點東西大家吃好了。肚子餓大家心情都不好……」

留下一妖一神怒目而視。

「不要你愛上卑賤的人類，就以為我會愛上低賤的妖怪！」雷神冷笑，「愚蠢，愚蠢！你堂堂這樣妖力強大的妖魔，居然會愛上自己的食物？這跟人類愛上一隻雞有什麼兩樣？都是病態！」

「關你什麼事情，又關別人什麼事情？我妨礙了誰？」上邪同樣冷笑，「我照我的心意去過日子，用不著別人或自己設框框。高高在上的神祇……」他嘲笑起來，「你

堅持無聊的自尊又得到什麼？我和翡翠在一起是多麼愉快……你呢？你可有過一秒愉快的時光？」

雷神愣了一下，垂下了雙肩，「……我是尊貴的神祇。你們都是賤物而已。」

「但是賤物卻有雙美麗的眼睛，讓你著了魔。」上邪殘忍的說破了他無法訴說的最深處。

他沒辦法說話。只是怔怔的，怔怔的望著虛空。

「……她的眼睛……太美麗。」

然後陷入長長的、無語的沉默。

等翡翠滿頭大汗的端了鹹稀飯進來，發現只有上邪望著冷冽的夜空。

「人勒？我是說……雷神勒？」

「走了。」上邪接過那鍋鹹稀飯，盛了一碗，「哇勒，妳煮飯還是這麼難吃，我看還是我煮好了。妳這樣能嫁得出去嗎？」

「我都三十六歲了，嫁鬼啊?!」翡翠沒好氣的瞪他一眼，「吃！我努力煮半天欸。你也知道我十指不沾陽春水……」

上邪埋怨難吃，卻吃了三大碗。

「……妳的眼睛也不怎麼美麗。」瞅著她半天，上邪吐出一句話。

「你可以不要看。」翡翠瞪了他一眼。

問題是……他也只想看這雙眼睛啊。或許愛慕管九娘那樣美豔的生物也不錯，但是……

他覺得，翡翠的眼睛，也就夠美麗了。

* * *

「到底仙家居是什麼地方啊？」翡翠翻著筆記，好奇的問上邪。

「……就沒什麼啊。」上邪不太自然的回答，「吃飯喝酒的地方。以前管九娘他媽媽開的酒館……寫妳的稿啦，問那麼多沒用的幹嘛？」

酒館幹嘛吞吞吐吐的？翡翠不死心，打電話問管九娘，她卻笑而不答。

怎麼可以告訴她「仙家居」是「粉味」的?這可是她手裡的一張王牌，將來要拜託上邪任何事情，拿出來亮一亮就夠了。

想想也眞是好笑，堂堂震動天地的大妖魔，居然怕同居的人類女子知道他千百年前去過酒家流連。

這種心思，眞可愛。

午休吃飯看電視，放下那些傷眼睛的稿子，眞是偷得浮生半日閒……

一口紅茶差點噴在電視上面，狼狽的擦桌子，瞪大眼睛看著螢光幕上的「偶像」。

主持人不斷的盛讚這位冷冰冰的偶像有一雙十萬伏特的電眼……

這不是廢話嗎?他是管打雷的雷神啊!!

「請問你有心儀的對象嗎?」主持人被電得暈頭轉向，滿頭冒小花小愛心。

「當然有。我會進入演藝圈，就是爲了希望她看見。」深情款款的從螢光幕望過來，「管，我想通了。我愛妳。」

九娘無力的趴在桌子上，當初應該賞他個痛快的。

這是寒冷的過年前，一個詭異的，「移民」間的愛情(?)故事。

第七章

舌尖的一點苦味夾著甜蜜

遲疑了很久，翡翠還是按了電鈴。

這次穿門探頭出來的得慕沒有嚇著她——這種心境下可能什麼也嚇不著她了。

「翡翠？」得慕睜圓了她可愛的大眼睛，「……妳的氣色眞糟。妳來找舒祈嗎？」

她勉強的拉拉嘴角，「嗯……有點私人的事情想找她。」

舒祈和翡翠打了個照面，見多識廣的她心裡有點底，「進來坐吧。妳需要喝點熱的東西。」

翡翠遲疑了一會兒，垂著雙肩跟著舒祈入門。

舒祈遞給她一馬克杯的熱可可，「喝吧。先喝點，有什麼事情，慢慢告訴我。」

她慢慢的喝完那杯熱可可，尋思著要怎麼開口比較理想。

「想說什麼就直說。我們年紀相當，遇到的困難也差不多。只要我幫得上忙，我會盡量的。」舒祈淡淡的，聽在她的耳裡卻讓她眼眶發熱。

「……請問，妳缺不缺幫手？」翡翠艱難的問，兩頰難堪的紅了，「……我會打字……不過只會這個。我看妳工作很趕……說不定……」

「……打字的酬勞很低的。」舒祈考慮了一會兒，「每千字只有五六十欸。我的確是有些小零工……但是妳不是在寫作嗎？我相信酬勞遠高於這個。」

翡翠低頭不語，好一會兒才說，「……我會用最快的速度交件。但是……能不能、能不能我交件的時候……就、就……」

「妳需要現金是嗎？」舒祈也跟著沉默，「我現在手頭也有點緊……但是幾千塊的話，我幫得上忙。」

「……很夠了。」她羞赧的不敢看舒祈，「對不起……我不知道該去跟誰求助……我們等於是陌生人，但是……我誰也不認識，我……」

「妳如果想哭，就哭一下好了。」舒祈無聲的嘆口氣，「哭一下妳會比較舒服一點。」

「……我哭不出來。」握著猶有餘溫的馬克杯，她的心裡只有一片淒涼，「還有……」她欲言又止。

舒祈瞅著她一會兒，「妳不想讓上邪知道？」

翡翠用力的點頭，快要抑制不住鼻酸。

「他若知道，會盡力幫妳的……」

「我不想讓他爲這些煩心。他做得夠多了。」用力的把哽咽嚥下，「而且……我不想依賴他。」

舒祈看著她，像是看到自己的另一個鏡影。

「誰都會離開。」她喟嘆，「妳是對的。」默默的抽出一大疊的手稿，「這個就麻煩妳了。」頓了頓，「不是非常趕，妳要寫稿，還要打這些……別把身體弄壞了。」

一個陌生人的關懷……簡直要崩潰她表面的堅強。

「還有這個。」舒祈翻了一下抽屜，找出一個皮製戒指，「戴著。我想上邪沒辦法讀妳的心了。最少他讀不到全部。」

低低的說了謝謝，翡翠抱著大疊的手稿，急急的走了。得慕擔心的跟了一會兒，回來說，「她摀著臉哭著走出門了。爲什麼呢？幹嘛不讓上邪知道？知道的話，上邪的本領那麼大……」

「再大也不是自己的本領。」舒祈望著自己皆有打字薄繭的十指，幾分驕傲，也有幾分滄桑，「到頭來，最可靠的不過是自己的一雙手。」

只要習慣了依賴，當失去倚靠時，好不容易架構起來的世界，就會崩塌了。

美好的戀情也不過是因爲，彼此沒有利害關係。有了利害關係，有了施與受，戀情就會漸漸計較得失、變質、腐化。

都是五年級的女生，大家的心裡，都有相同的一把滄桑。什麼樣的苦只有自己能吃下去，誰也不能、也不該，替自己扛一些。

因爲一切無常。而越美好的戀情，越無常。

了解了被疼愛保護的滋味，失去的時候，就會以次方的倍數痛苦。嘗盡人生，她們太清楚。

「最可靠的，還是這雙手。」說完以後，舒祈沉默了一整天，一個字也沒再說。

* * *

翡翠變得非常沉默。上邪很擔心的看著她，卻讀不到她的心。

「妳跑去找那個女人，」他抱怨，「這樣我什麼也看不到……」

「你本來就不該偷看我在想什麼。」她十指忙碌的在鍵盤上飛舞，一面辨識著潦草的手稿。

「那妳告訴我，妳在想什麼啊。」上邪開始耍賴，「告訴我告訴我告訴我～妳愁眉苦臉是爲了什麼？」

望著他認眞擔心的臉，突然覺得這一切的辛苦都是値得的。「……別吵了，我告訴你好了。」她的笑容這樣憂愁卻美麗，讓她平凡的臉有著柔和的光，「我在想，要怎樣讓你過好日子。」

她已經二十個小時沒闔眼了，過度的焦慮連上邪都不能讓她入眠，冰冷的手指覆在發燙的眼皮上剛剛好。

她的笑容讓上邪獃住了，心頭像是猛猛的挨了一擊。他沒辦法解釋這種感覺……過好日子。

有人……就是有個笨女人……想讓他過好日子。

他不吵了，只是低下頭。安靜了好一會兒，走向廚房。他發現，根本沒辦法告訴翡翠什麼，就只能做菜吧。

他沒再抓蒼蠅蚊子，也沒弄得金光閃閃。翡翠累得連讚美都說不出來，他也不介意。

翡翠這麼累是爲了什麼呢？努力解讀，卻沒辦法破解舒祈的戒指。他什麼也看不到，覺得很無助。翡翠無聲的焦慮讓他也很煩躁。

不知道該怎麼辦，他花在買菜的錢越凶，越努力的想讓翡翠開心一點，卻發現翡翠吃著好菜的時候，笑容越來越勉強。

「……上邪，我們可不可以別吃這麼好？」翡翠艱難的開口，「我手頭有點兒緊……」

怔怔的望了她一會兒，「阿勒，妳沒錢爲什麼不告訴我？我可以……」

「你變的僞鈔我不能用。」翡翠疲倦的揮揮手，舒祈給她的外快理論上是夠伙食費的……只要別吃得太奢華。「不用擔心這些，你已經做太多了，你休息一下……」

問題是出在伙食費上面嗎？上邪開始思考了起來。他知道翡翠的錢幾乎都拿去還債和養家，不過，她一個月寫兩本稿子，生活還能勉強對付。

難道這個月已經超出預算了嗎？還是出版社出了什麼問題？

他語氣很凶的撥電話給管九娘，但是管編編指天誓地，發誓她絕對沒有拖欠稿費。

那麼問題是出在哪裡？

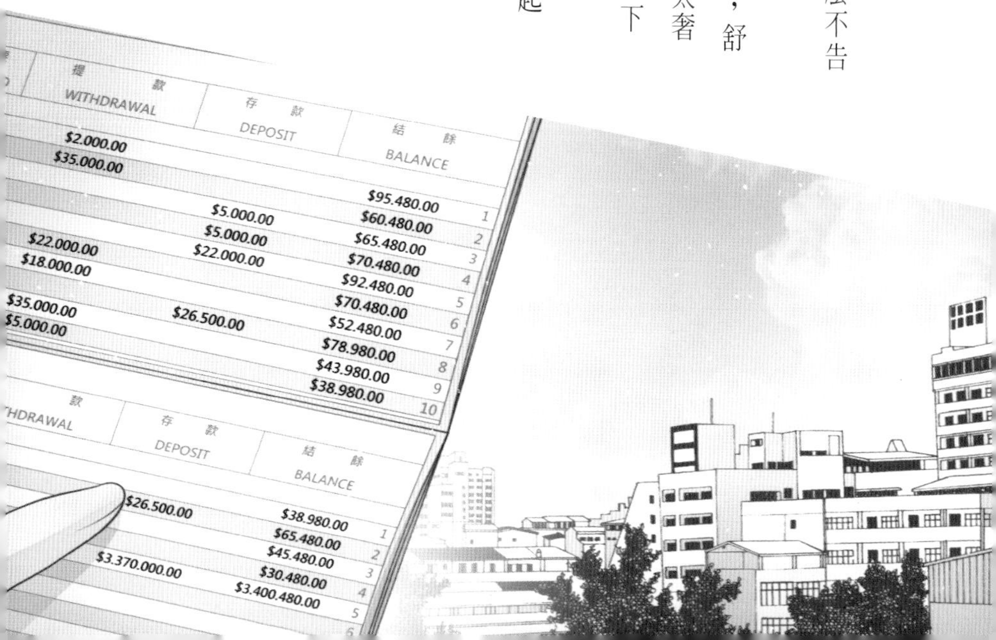

妖怪從來不煩惱金錢的問題，所以翡翠的焦慮，他實在不是很了解。只要有錢就好了，對不對？

但是翡翠爲什麼拿著存款簿發怒？多幾個零不好嗎？

「上邪！」她發起很大的脾氣，「你是怎麼弄的？這些錢哪來的？」

「這又不是很困難！」上邪叫了起來，「就是將別人存款的小數點後面幾位挪一點出來，轉到妳戶頭而已嘛。妳放心，沒人看得出來的……」

「這種錢是犯罪！一定抓得到，哪有抓不到的道理？你馬上給我轉回去！」翡翠突然又哭又叫，「我現在不是坐牢的時候！現在不行，不可以是現在啊……」

她崩潰的哭了很久很久，把上邪嚇得要死，抱著她似乎也無濟於事，他滿口答應

馬上把帳都轉回去。

這是很龐大苛細的工作，但是他還是完成了。

翡翠的異樣讓他害怕極了，再苛細也得完成。她一定有事情不肯告訴他，該怎麼辦才好，他從來不曾煩惱過的心，也有了深深的憂愁了。

該去找誰商量？想了很久，他心不甘情不願的去找了舒祈。堂堂大妖要跟個人間女子低頭，實在是……

「請妳教我怎麼拿下翡翠的戒指。」硬著頭皮低聲下氣，「我很擔心她……」

「你不該未經同意就隨便讀取她的心。」舒祈拒絕了。

「但是我討厭這種感覺！好像被她趕出心裡！我討厭她什麼都不跟我講……只是自己在煩惱！人類這麼複雜，我搞不懂……」

舒祈望著這個焦慮的妖怪……他也學會焦慮了。有這種運氣嗎？她的鏡影……居然有這種運氣嗎？

「……你知道爲什麼人間的妖怪都有個固定職業嗎？不管是正當不正當的職業……只要久居人間的，幾乎都會有份工作。你知道爲什麼嗎？」

上邪偏頭想了想，似乎眞的如此。「不知道。我只知道……被關了千年之後，人類變了，妖怪也變了。」

「因爲妖怪居留在人間，就是另一種『移民』。人類多而妖怪少，你們要學著遵守人類的規範、人類的法律……這樣才可以和平相處，避免衝突。」舒祈心平氣和的望著他，「上邪君，你只是脫離人世太久。若是你眞的想要好好對待翡翠，我建議你，開始融入人類的社會。而不是倚賴讀心的妖力。」

「我不想融入人類的社會。」上邪不耐煩的回答，「其他人類關我屁事？我只關心翡翠在煩惱什麼……」

「翡翠是人類。」舒祈笑笑，「心裡有很多傷痕的人類。她的一切，都跟其他人類息息相關。你想知道她煩惱些什麼，不妨試著去當一個人類。」

當一個脆弱、貪婪、沒有用又低賤的人類？有沒有搞錯啊？

他對舒祈的建議抱著非常懷疑的態度。

但是好像也沒有更好的辦法了……他半信半疑的，跑去要管九娘幫他找份工作。

管九娘瞪大眼睛，「……上邪大人，您要找工作？」她推窗看，奇怪，沒有下刀子啊？太陽也正常的從東邊出來。

「妳不幫我？沒關係，下次雷神……」

「好好好，我幫，我當然幫。朋友有難我當然兩肋插刀……」這種高失業率……這兩把刀眞插得滿痛的。

＊　＊　＊

翡翠疲倦的從小睡裡驚醒過來，哎呀，她睡掉了四個小時！

爲什麼平常總是失眠，趕工的時候特別嗜睡呢？她幾乎哭出來，揉揉酸澀的眼睛繼續勤奮的趕稿。

上邪呢？

天色已經昏暗了，上邪去哪了？

她突然意識到，已經好幾個禮拜，上邪都早出晚歸。她相信上邪不會爲惡……就是相信他。

其實上邪要出門，她是抱著深深的歉意的。她沒有時間陪上邪……想他是很悶的。出去走走也好……

龐大的壓力快壓垮了她，這種日子恐怕要持續很久很久……若是上邪厭了，要離開她，她也是沒有辦法的。

她沒有辦法。

每個人都會離開的。同林鳥大難來時也是各自飛，更何況是上邪。他是該過更好的日子。

「再也不能夠了……」她喃喃的趴在鍵盤上。突然想到，晴雯重病的時候補孔雀裘（※注）的心情。

※出自紅樓夢第五十二回「勇晴雯病補雀金裘」，晴雯原爲賈母丫鬟，後來被派去服侍寶玉，那時晴雯正染風寒，先前氣了一場又加重病症。而寶玉那天得了老太太送的一件孔雀金線織的華美外衣，卻不小心燒破了一孔，隔天是長輩的生日必須要穿，又只有晴雯會那界線縫補之法，只好咬牙熬夜，強勉織補。

怎麼補也補不完……天就要亮，這件華美的袍子就要穿了。頭脹腦熱，喉如呑炭。補也補不完，永遠補不完……

她連落淚的力氣都沒有。

「怎麼不開燈？妳幾時練就火眼金睛？」上邪不太高興的開燈，看她趴在鍵盤上，著慌了。「不舒服嗎？爲什麼不說？怎麼了？就叫妳不要太辛苦，這麼大的人了，爲什麼不會照料自己？我才出去幾個小時……」

上邪……還是回來了。

「餓了嗎？先吃甜點吧。我去煮飯……」他的衣角卻被翡翠攢住。

眼睛寫著大大的問號，化成美少年的他，有貓科動物的渾圓瞳孔。

「我不餓。」她抬起哭不出來的眼睛，「……可不可以……可不可以，抱我一下。」

埋在他的胸膛，翡翠哭了起來。終於哭得出來。

「啊妳什麼都不跟我說，我是能怎樣？笨母猴子……」他嘴裡還是罵，語氣卻這樣柔軟。

「……我不要你操這些心。你做得太多了。」她閉上眼睛，想要把這一刻牢牢的記住。將來分離的時候，起碼有些可以回憶。

雖然回憶好痛苦。

「……人類的事情，我是什麼也不知道的啊。」他有點不好意思的從口袋裡拿出一個紙袋，「我也不知道這樣算多還是算少。不過夠我們買很久很久的菜了……大概吧？」

裡面是一疊鈔票。雖然薄薄二十張，卻讓翡翠又驚又怒的抬起頭。

「欸，妳別罵我喔。這個是我去『上班』賺來的。跟人類是一樣的喔……」

翡翠更生氣了，「你……你你你！你能上什麼班?!」她腦海裡轉過幾個賣笑的可能，「我不要你……」

「在麵包店做蛋糕。」上邪有點莫名其妙，「妳懷疑我的手藝喔？這些甜點都是我做的，妳居然懷疑我的手藝?!我堂堂大妖……」

是啊……堂堂被尊爲神的大妖魔……居然爲了這幾張鈔票……在人類的店裡委屈的站八個小時。

她又是傷心又是難過，深深的被自己的無力和無能打敗，哇的一聲痛哭了起來。

「妳哭什麼啦?!」上邪生氣起來，「我搞不懂啊！舒祈說，我只要學習當個人類，就能夠知道妳困擾什麼。我學了啊，但是我還是不懂啊。妳爲什麼不能坦坦白白的告訴我？到底是怎樣啦?!」

強烈的焦慮引爆了他的妖力，被他抓緊的翡翠沒有受到傷害，舒祈給的皮製戒指卻承受不住的斷裂開來。

翡翠洶湧陰鬱的心情排山倒海的幾乎讓上邪窒息，片片段段的擔憂這樣強而有力，連他這個三千多歲的大妖魔都幾乎承受不住。

他看到起火燃燒的房子。那一夜，翡翠鐵青著臉衝出家門，到天亮才回來，就是因爲那棟起火燃燒的房子。

災害不大，翡翠的母親和孩子都無恙。但是公寓開了召集會，決定集資自費重蓋大樓。

這筆別人眼中不大的數目，卻要壓垮了翡翠的肩膀。

就是這樣而已。

「我什麼都做不好啦……」她歇斯底里的大哭大叫，「我什麼都不行，活到三十六歲了，還是一事無成，身邊沒有一點積蓄……什麼都不行，什麼都不會……學歷還是事業通通是白卷……連讓家人、讓你過好一點都做不到……我不行啦，我什麼都不行啦……我活著幹嘛？我是個沒有價值的人……」

「妳給我閉嘴喔！」上邪氣急敗壞的搖著她，「我不准妳侮辱……我不准妳侮辱翡翠！」

翡翠睜大眼睛看著他，眼淚停了一停，又緩緩的流下臉頰。「……你總有一天會走。你對我越好，將來我就越傷心……你不要爲我做任何事情……我將來、將來才不會太難過……」

「鬼話。」上邪沉下臉，「妳說鬼話啊？應該傷心難過的是我吧？妳一定會比我早死啊！我根本沒把握搶得到妳的靈魂，因爲這是不容許的！我都不怕妳拋下我死掉了，妳怕我走？我要走早走了，爲什麼我還留在這兒？」

爲什麼？

一人一妖都是一怔。是啊，爲什麼？

這種牽絆誰也說不清，就是，想待在對方的身邊而已。願意盡自己所有努力，對對方好而已。

就是這樣，沒別的。

「臭母猴子，拿去啦！」上邪粗魯的把薪水袋塞進翡翠的口袋裡，「妳要知道，我不是白吃白喝的妖怪……我快升正式的點心師傅了。到時候，錢會多一點。我告訴妳，我不是爲了妳喔。我只是討厭妳這樣拚死拚活的，情感變得很苦、很難吃。我是爲了自己……聽到了沒有？」

不要一個人……不要自己受苦。妳受苦……我會好過嗎？

「……這是店裡剩下的點心。」硬拉過她的手放在掌心，「先吃。我餓死了，要做飯了……」

翡翠木然的坐了很久，低頭看看小巧玲瓏的草莓塔。這是討厭甜食的她，唯一喜

歡的小點心。

壓力沉重的奪去她的味覺，應該香甜可口的草莓塔，入口居然是苦的。她已經很久很久都食不知味了。

但這是上邪特別爲她做的。她努力嚼著，終於在苦楚中，嚐到一點點甜味。甜味漸漸的濃郁、擴大，好吃到令人想落淚。

她，總算是找回了甜蜜的味覺。

這是她這輩子吃過最好吃的草莓塔，再也不會有其他的點心贏過這一個。

就是這樣，而已。

第八章

定居人間的「移民」

台北下雨了。

路上開著沉默的傘花，大部分是黑色的，讓夾雜著的鮮豔五彩顯得有點勉強。心情已經被淋得溼透了，翡翠實在不想讓黑色的雨傘烏雲罩頂。她拿著粉嫩紫花的小陽傘，雨滴隨著傘緣安靜而冰冷的落下，像是隔夜的淚。

隔著小巷，她可以看到透明櫥窗內正在忙碌的上邪。板著過分俊秀的美麗臉龐，專注的揉著麵團，痴迷的女人或女孩排著隊，等著買剛出爐的麵包，眼光裡有著燃燒的貪婪。

不知道爲什麼，翡翠覺得有點傷心。

她親愛的、妖力強大的妖魔，居然爲了幾張新台幣，被人類這樣圍起來，像是柵欄裡的動物被欣賞著。

緊緊握著要給上邪的淺藍色小傘，她遲疑著，不知道該不該拿去給他。

上邪很努力的學著當個人類，這場該死的冬雨，從昨天就開始下，他衝過雨幕回家的時候，像是從水裡撈出來的一樣。

「……你是妖怪欸！偉大的妖魔欸！你爲什麼要淋雨？你可以飛回來，或者是弄個避水訣之類的……」一面拿毛巾幫他胡亂的擦著，恢復成眞身的上邪只是舔了舔毛皮。

「舒祈說，要在人間生活就要學著當個人類。呿，不要哭好不好？淋個幾滴水會死嗎？實在……妳的水龍頭關一下好不好？」

明明還在下雨，早上他又連傘都不帶，就出門去了。

手上的傘有點發燙，不知道是自己的體溫，還是自己的愧疚。

「欸？」上邪敏感的望過來，原本冷酷的臉慢慢的生動，笑容漸漸的擴大，冰霜融解，宛如燦爛的陽光。

他丟下麵團和廚房，衝出店門，怕他淋溼的翡翠趕緊迎上去，小傘遮不住兩個人，她的肩膀一片溼漉漉。

「翡翠？妳怎麼來了？喂，來都不用出聲的啊？妳怎麼穿這麼少？穿少一點不會看起來比較瘦啦。進來進來，我有剛做好的草莓塔喔。」

其他女人驚駭忌妒的眼光讓翡翠很不自在……但是不自在又怎麼樣呢？「沒啦

……我剛好經過。你沒帶傘……」她把握了好久的小藍傘遞出去，「不要嫌麻煩，淋雨是很冷的。」

上邪接過小藍傘，「……啊勒！這麼冷的天，妳跑出來凍個半死就為了這把傘喔？妳神經啊？進來啦，我弄杯牛奶給妳喝。」

翡翠堅決的搖頭，「我還有很多工作要做……不吵你了。我要回去寫功課……不要太累喔。」

上邪瞅了她一會兒，「妳等一下。」他轉身揀了幾個剛出爐的點心裝盒，又細心的包了個很大的、熱烘烘的雜糧麵包，塞到翡翠的懷裡。

「……我不愛吃雜糧麵包。」

「我知道啊。這不是給妳吃的，抱著比較溫暖，趕緊回去，以後不要穿這麼少在外面跑，聽到沒有？」

懷裡的雜糧麵包，眞的很溫暖。

回去以後，她對著電腦發呆很久，雜糧麵包已經漸漸失去溫度，她撕了一口吃，發現味道是這樣的好。

拍拍雙頰，她振作起精神努力工作。花時間哭和花時間工作……工作比較有建設性。

等夜幕低垂，她從筆下生死相許的男女主角的世界裡醒過來，發現已經昏暗得幾乎看不見鍵盤。

「要說多少次啊？就說不要不開燈，妳的眼睛會瞎啦。」上邪嘮叨的打開大燈，「起來開一下燈會死啊？笨母猴子！我還眞不能一下子不在家，妳很不會照顧自己欸……」

怔怔的望著上邪一會兒，愧疚湧上心頭，讓她忍不住

哭起來，「對不起……」

「妳神經啊？神經病！有什麼好對不起的？」上邪著慌的跳起來，「喂喂喂，我最討厭妳這樣了，妳再這麼說，我就……我就……」

該死啊，他居然不知道怎麼威脅她比較好……「我就、我就不跟妳好了！」

這句話逗得翡翠破涕而笑，接著又哭了起來。

她的眼淚……是這樣哀傷而甜蜜，馥郁的情緒令人微醺。但是他寧可不要品嚐這種美味，因爲她哭了，這裡是很痛的。

心臟的地方，很痛很痛。

「好了啦，別哭了……我眞搞不懂人類……妳餓到哭喔？吃了那麼多點心還餓，我去做飯給妳吃啦……」

翡翠把臉埋進上邪柔軟銀白的毛皮裡，暫時的躲避一下殘忍的現實。

*　*　*

正在打奶泡，上邪知道櫥窗外有雙冷靜的眼睛。

不過他不在意。人間的「移民」甚多，有妖怪也有天人，每個都要注意，累也累死了。

只要別來煩他就好了。

將蛋糕從烤箱裡拿出來裝飾，這是他今天最後一樣工作，然後就要回家了。

圍上圍巾，拿出小藍傘，今天又是個溼漉漉的天氣。

「上邪君。」身量頗高的少女叫住了他，「您的點心眞的很好吃。」

他頓了一下，冷冷的打量這個身上帶著清新酸甜香氣的少女。「……我可不用甩

妳們姻緣司。」

少女咯咯一笑，「不甩我們的又不是您而已。」她愁眉，「現在人類也不太甩我們了……這是我的名片。」

上邪不太起勁的接過來，上面寫著：

幻影婚姻介紹所

樊石榴

「幸會。」他心不在焉的點點頭，越過她就要走。

「欸欸欸，等一下嘛，大家都是人間的『移民』……這手好手藝讓人類壓榨很可惜欸……要不要換個地方做點心？」樊石榴滿臉熱情的湊過來，眼睛亮晶晶的，「拜託啦，狐影做的點心實在難吃。」

「我懶得換地方。」上邪揮揮手。開玩笑，做點心給妖怪吃，他們不知道會付什麼酬勞……新台幣比較實在。

「薪水有六位數喔！而且是貨眞價實的新台幣！」樊石榴追了上去，「而且……還有意外的紅利。」

「紅利？」上邪停下腳步。

樊石榴附耳跟他說了幾句。

「眞的嗎？」上邪狐疑的看著她。

樊石榴聳聳肩，「沒辦法，我們吃狐影的點心已經叫苦連天了。誰讓幸運之神也是狐影的客人呢？這樣小小的『利益輸送』，我想也不算『官商勾結』吧？」

上邪瞇細了眼睛，露出一絲閃光，「成交。」

沒多久，還在趕工趕得死去活來的翡翠接到母親的電話，「阿翠啊！我們抽中了啦！幫我們蓋房子的建設公司說要抽獎，有一戶可以免費欸！我們抽中了捏！眞是祖公有保佑喔……」

她不用爲了那筆龐大的金額煩惱了？

愣愣的放下電話，虛軟的癱在椅子上。天啊！她想哭又想笑，太好了！這樣上邪就不用出去工作了！

欣喜若狂的把這個好消息告訴上邪，上邪只是微微一笑。

「我還是要去工作的。」拍拍她的頭，「這次沒有透明櫥窗了。開玩笑，我是白吃白喝、等著女人養的妖怪嗎？妳可以休息了，我養妳。」

「我不用你養！」翡翠抗議了，「我有一雙手……」

「這雙手是不沾陽春水的。」上邪把她抱到懷裡，下雨天讓燈火朦朧而美麗，「我在學著當一個人類呢，很像吧？」

「你可不可以不要學得那麼像？」翡翠沒好氣的瞪他一眼。

* * *

在總是下雨的這個都市，有家小小的咖啡廳隱藏在巷弄中。眞的是很奇怪的咖啡

廳，連招牌都沒有。小巷錯綜複雜宛如迷宮，即使去過很多次，還是會找不到路徑。

偶爾找到了，俊秀到驚爲天人的「美豔」老闆（他可是男的），不管是茶或咖啡，都讓喝的人像是在作一場美夢。

後來，他們又多了一個充滿魔性美的美少年點心師傅，美味的點心贏過他那令人目瞪口呆的美貌。

去過這家咖啡廳的人，都會覺得是在夢境。一家夢幻的，咖啡廳。

事實上，這裡出沒的客人，多半都是「移民」。人類在這裡反而成了異數。

有時候翡翠寫稿寫悶了，會到這家咖啡廳坐坐。不過神經大條的她，要等很久很

久以後，才知道這是「移民」們聚會的地方。

她嘴巴張得大大的，「……開婚姻介紹所的那兩個女孩應該是人類吧？」

「不是。」上邪忙著端伯爵奶茶給她，「她們是天人，天界派來人間管婚姻的。不過業績很淒慘，現在的人都不結婚了……」

「……那老闆的女兒……那個可愛的女生，應該是『移民』吧？」

「妳說狐火？不是喔，小火是老闆的養女。她是貨眞價實的人類。」

翡翠覺得有點頭昏。

「……你告訴我，現在咖啡廳裡還有多少『原住民』？除了我以外？」

她瞪大眼睛，看著一桌桌似乎再正常也不過的客「人」。

「小火……還有坐在窗邊的陳翩。」上邪聽到烤箱叮的一聲，走回廚房忙了。

翡翠的目光移向窗邊。那位穿著高中制服的少女……有雙爬蟲類般倒豎的美麗瞳孔。

……她才是最不像人類的吧？

因為各式各樣的理由，人間有著奇特的「移民」。他們努力學習如何當個人類，藏身於人群之中。

事實上，她不害怕。像是看到另一個，更遼闊豐富，更令人驚奇的世界。

她每天都會散步去接上邪回家，過著非常正常又詭異的愛情（？）生活。

或許一天接著一天，一步接著一步，永遠，就不會太遠吧？

這是發生在二十一世紀初，總是下雨的都市裡，一則「原住民」和「移民」間的小故事。

你不相信嗎？

可以問問窗外點滴的雨、默默的月，和飛逝的雲。

他們都看見的。

天使教育學園

番外

夢幻咖啡廳的一天

每天大約六點半左右，這家沒有招牌的咖啡廳會悄悄的開門。那位有著美麗狹長狐眼、比女人還美麗的老闆，會爲了他心愛的人類養女狐火開店門煮熱可可。

但是坦白說，名爲「狐影」的美麗老闆，廚藝實在令人難以恭維。所以，從狐火七歲以後，就擔負起做早餐的重責大任。這位沾染了狐仙氣質的人類女孩長大成少女，多少年來是移民們心目中在人間的一個鮮明記憶。

他們開開心心的等著來吃早餐，雖然要上學的狐火做來做去就是土司夾蛋和漢堡夾蛋，但是他們吃的不僅僅是簡單的早餐，還有種「家」的甜美味道。

等狐火去上學了，移民有的去上班，有的才剛來。

九點整。總是繃著臉的點心師傅會來。他的美和做的點心一樣，帶股令人上癮的魔魅。論妖力，移民中勝過他的恐怕沒有，是魔界裡頭可以跟魔王抗衡的偉大妖魔。

但是這個偉大的妖魔，卻被另一種更偉大的情愫束縛了，甘願在人間當個點心師傅，守護著脆弱短命的那個「人類」。

晚上六點，狐火下課了，而那個言

情小說家，會來接點心師傅。咖啡廳的一天，結束了。

移民們拿這個咖啡廳當異鄉裡的故鄉。天人或妖魔，不管在外面有多少仇恨廝殺，都會在門外放下來。

所以，許多故事都在這裡蔓延。

或許有一天，我可以仔仔細細的告訴你，後來還發生了多少故事。不管是移民和移民，還是原住民與移民，總是有許許多多的故事可以追尋。

不管是人類還是移民，總有說不完的故事。無聲的，發生在任何角落。

故事是永遠說不完的，尤其在這個沒有招牌的咖啡廳。

後記

會寫上邪，是在一個非常沮喪的上午。

我剛剛跟交往多年的男朋友分手，所有的愛情都耗盡了，就算有對象，我也提不起戀愛的心情。

其實分手最痛苦的倒不是失戀，痛苦的是失去戀愛的能力。

但是，我還是很希望被擁抱，被照顧，被愛的。

好吧，我是個五年級的女生。在正常的情形下，應該是上古生物了，怎麼對戀愛還有這種固執的執念？

但這也是女人的悲哀吧？從年輕到老，都無法擺脫對愛的執著。只是像是上了年紀，就被迫必須道貌岸然，超然到好像聖女一樣，對愛情不可以有興趣了。

跟我們同年級的，只想跟學妹交往。我們的學弟，又小到不成熟，對大姊姊有興趣的也不多。

更糟糕的是，現實中的男人似乎越來越現實也越來越逃避責任，我想我是對人類很失望了。

那麼，我們就來塑造一個完美的情人（？）吧。

故事就在我曬衣服的時候，誕生了。

一開始只是寫來發洩的，寫到第二篇，開始覺得有趣，然後是第三篇、第四篇……寫作的這段時間，像是上邪也在我家坐著看。

或許純真的妖魔比複雜可恨的人類更適合當情人吧？

寫完以後，我大大的吐了口氣，微笑了起來。覺得……

如果我的上邪沒有出現，那就這樣也不錯。

只要能夠繼續說故事，我想，活著就還有一點意義。起碼在故事裡，我還可以談談戀愛。

往往這種虛擬，比現實還更眞實。最少……我在寫故事的這段時間，我是快樂的。寫作的期間，很多網友熱烈的討論上邪，有人甚至很認眞的問，到底上邪可以在前陽台撿到，還是後陽台撿到……

（點點點）

更有朋友乾脆跑來我亂得一塌糊塗的小窩翻看，看我把上邪藏在哪兒了。

（更點點）

孩子，別傻了。上邪是我虛構的。如果眞有這樣毛茸茸、軟綿綿、無所不能卻怕辣，一手好手藝又聰明智慧的妖怪，那天下的男人還混什麼啊？

（我是比較希望男人好好的檢討自己一下……）

但是經過無數哭訴和抗議以後，好吧，我就加持一下……

希望妳在妳家陽台，也可以撿到一隻上邪。

人生總是要充滿希望的嘛。

（不負責任的作者光速逃逸。）

（撿不到，不關我的事情喔！）

（如果撿到了……我會替妳祈禱。是福不是禍，是禍躲不過啊……）

蝴蝶

二〇〇四／四／十五

國家圖書館出版品預行編目 (CIP) 資料

上邪 : 有隻帥哥在我家 / 蝴蝶原著 .
-- 初版 . -- 新北市 : 悅智文化館 , 2019.11
208 面 ; 14.7×21 公分 . -- (蝴蝶美繪館 ; 1)
漫畫插圖版
ISBN 978-986-7018-36-6(平裝)

863.57 108016797

蝴蝶美繪館 1

上邪 - 有隻帥哥在我家

漫畫插圖版

原　　著 / 蝴蝶
漫　　畫 / 曉君・釋鷲雨
總 編 輯 / 徐昱
封面設計 / 古依平
執行美編 / 古依平

出 版 者 / 悅智文化事業有限公司
地　　址 / 新北市板橋區板新路 206 號 3 樓
電　　話 / 02-8952-4078
傳　　真 / 02-8952-4084
電子郵件 / sv5@elegantbooks.com.tw

戶　　名 / 悅智文化事業有限公司
劃撥帳號 / 19452608

初版一刷　2019 年 11 月　定價 350 元

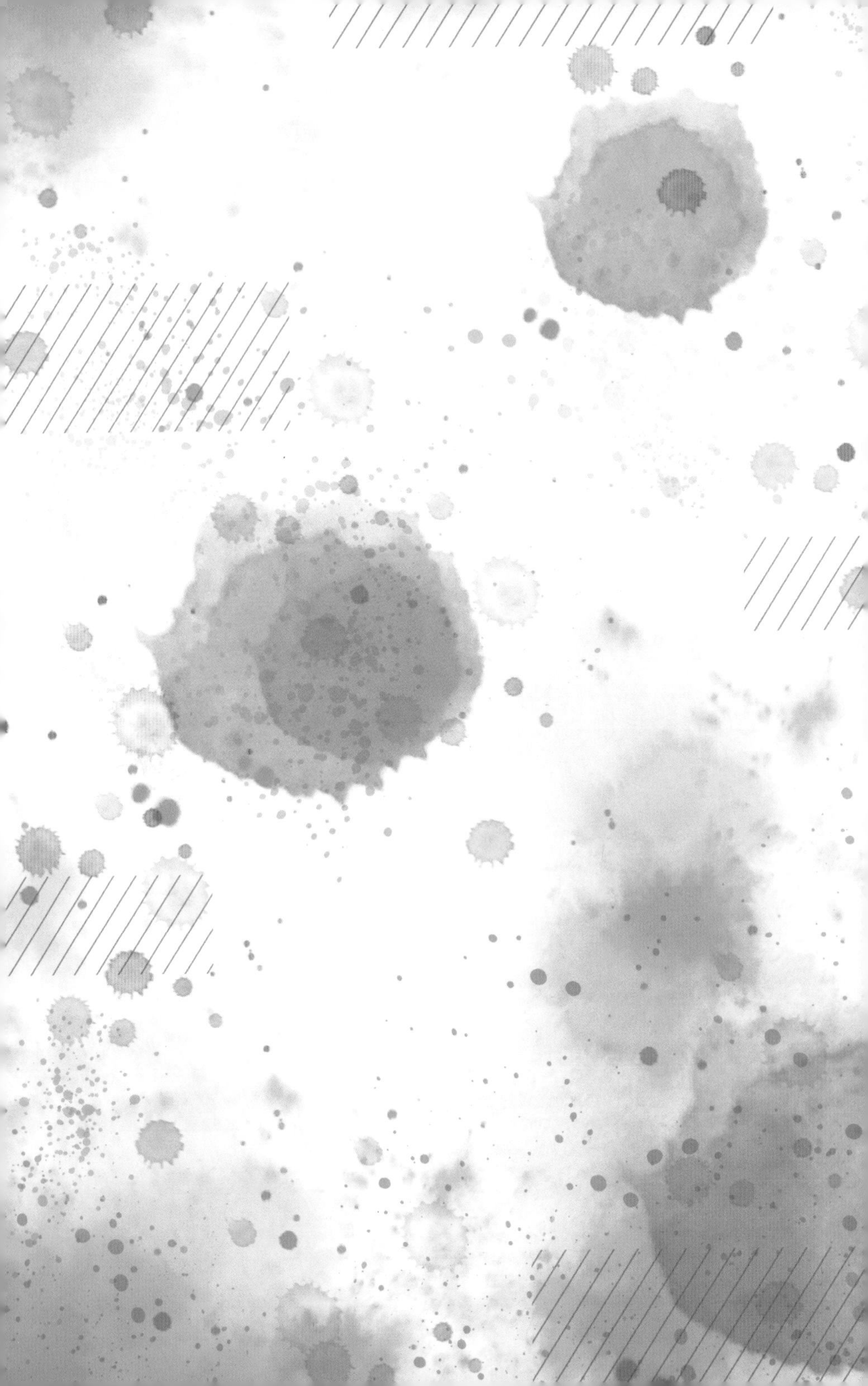